O MENINO MÚLTIPLO

ANDRÉE CHEDID

TRADUÇÃO:
CARLA DE MOJANA DI COLOGNA RENARD

MARTIN CLARET

ANDRÉE CHEDID, ROSTO MÚLTIPLO

IRÈNE FENOGLIO*

Meu primeiro encontro com Andrée Chedid data de um pouco mais de 30 anos. Na época, eu ocupava um cargo no Cairo e comecei um longo trabalho sobre o uso da língua francesa no Egito entre 1850 e 1950, fenômeno cultural atípico que me apaixonava.[1] Desde então teceu-se, no Egito, uma ligação entre nós que continuou até o dia em que ela nos deixou. Em 1988, fui encarregada de apresentar Andrée Chedid no Centro Cultural Francês do Cairo. Em 1998, o Centro Cultural do Egito em Paris me pediu que apresentasse sua obra em sua presença. Essa troca a representa totalmente: O Cairo, Paris, o Nilo, o Sena.

---

* Irène Fenoglio é diretora de pesquisa no Instituto de Textos e Manuscritos Modernos (Paris, CNRS-ENS). Especialista em literatura moderna e contemporânea, ela é autora de numerosas publicações sobre a análise dos manuscritos de escritores e linguistas.
[1] Cf. *Entre Nil et sable. Ecrivains d'Egypte d'expression française* (1920 – 1960), I. Fenoglio, M. Kober e D. Lançon ed., éd. du CNDP, 1999.

Hoje que o Brasil a acolhe em sua língua, por meio desta tradução *O menino múltiplo*, é a mim que pedem para apresentá-la. E que sorte, que sorte prolongar essa amizade para além de sua ida, e também que honra poder acompanhá-la do outro lado do mundo. Pessoalmente, eu sempre achei que havia uma semelhança entre o Egito e o Brasil: um calor físico, natural e humano, cores, o riso apesar das dificuldades, as disparidades sociais.

Andrée Chedid nasceu no Cairo em 1920. Nasceu egípcia de pais egípcios há três gerações, mas de origens libanesas.

Em *Saisons de passage*[2] [*Estações de passagem*], Andrée Chedid escreve:

> A autobiografia nunca me atraiu. Essa parte de si só me interessa se fecundada pelo imaginário. Confrontada ao tempo e à anedota, sinto-me reduzida a essas categorias que a sociedade não para de impor a vocês.
>
> Livre para ser, inventar, me tornar.... eis minha escolha.
>
> Eu desconfio de tudo o que restringe o ser e tenta confiná-lo ao gênero, à idade, ao sangue, ao solo. Nada disso pode ser rejeitado, mas o universo que borbulha no fundo de cada um não pode se

---

[2] Flammarion, 1998.

limitar a isso, o que levaria ao risco de uma completa asfixia".³

Em 1946, Andrée, casada com Louis Chedid, instala-se definitivamente em Paris. Sua primeira obra publicada na França é uma coletânea de poemas: *Textes pour une figure,* em 1949 (ela já havia publicado, em inglês, em 1943, no Cairo, uma primeira coletânea, *On the trails of my fancy).* Andrée explica, em uma entrevista,⁴ que ela começou com a poesia e que, durante 15 anos, só escreveu poesia. Ela se define, assim, primeiramente poeta e, quanto ao resto, sua poesia impregna sua escritura romanesca; a poesia é, para Andrée Chedid, a fonte de toda a sua escritura:

> "É preciso ao poeta — filho de um solo, de uma família, de um meio social — uma escapada para fora do ninho, fora das delimitações. É-lhe preciso uma visão que possa abraçar a vastidão. Perceber o real, o homem em seu mistério, tentar se aproximar do verdadeiro, eis seu propósito, eu direi mesmo sua fidelidade. Uma via de incertezas, um caminho sem doutrina, um questionar-se eterno. Um caminho que

---

³ "*Éléments de Francis Bueb*", notas manuscritas, maio de 1969 (coleção Chedid do IMEC).
⁴ Entrevista realizada em fevereiro de 2002, publicada com o título "Écrire ce n'est pas non vivre, c'est plus (+) vivre", entrevista de Irène Fenoglio com Andrée Chedid, *Genesis* 21, 2003, 127-140.

liga o homem ao homem. Um tornar-se incessante, um movimento".⁵

Porque, diz ela, a poesia "não consola nada, não possui nada, sua lei não está gravada na pedra. Mas apreendendo e desprendendo a palavra, ela multiplica as nossas vidas".⁶ A biografia de Andrée Chedid se confunde à sua escritura. É inútil detalhá-la, ela mesma não gostaria disso:

"(...) tem-se sempre dificuldade em tirar de mim elementos de uma biografia. A impressão de ser emprisionada em limites sucessivos. Sentimo-nos sempre mais livres do que isso, mais livres do que todos esses pertencimentos. Gostaríamos de conversar rosto a rosto, olho a olho. Imagens de infância. Um mundo em dois = prosperidade, miséria total. Isso marca para sempre. Impossível, jamais, estar completamente à vontade".⁷

Esse "mundo em dois" que a marcou é também o mundo do Brasil e, claramente, um romance como *O menino múltiplo* encontrará ressonâncias profundas nesta nova terra de acolhimento.

---

⁵ Conferência *Poésie pour vivre* [*Poesia para viver*], Portugal, 1973
⁶ "Poésie-réalité" [Poesia-realidade] em *Digraphe* nº12, 1977, p.11.
⁷ "Éléments de Francis Bueb" [Elementos de Francis Bueb], notas manuscritas, maio de 1969 (coleção Chedid do IMEC).

Por meio do romance (...) eu tentei fazer com que esse mundo fosse sentido, tão desnudado que me assombra sempre (...).

Eu não tenho saudades do Oriente. E não acho que toda a sabedoria esteja somente lá. Não acredito nem nas exclusões, nem nos maniqueísmos. Em vez disso, precisaríamos de passarelas. Conjugar o que vem daqui, de lá, de outros lugares, buscar os pontos de convergência de todos os encaminhamentos. O rosto do homem em todos os lugares, sob todos esses rostos".[8]

A literatura que oferece Andrée Chedid ultrapassa, assim, desde a sua concepção, as fronteiras, os acontecimentos datados e as determinações de identidades definidas de uma vez por todas:

"O que eu gostaria de transmitir deveria fugir do domínio do tempo, da história e dos locais; de nossa própria pele e, no entanto, nela criar raízes. Alcançar o outro, o leitor, lá no fundo, tocar algo mais penetrante, mais universal, mais vivo do que um si muito pessoal, um aquém, um além que nos engrandeceria".

A temática de sua obra é transversal; vários temas recorrentes constituem a própria matéria

---

[8] *Ibid.*

trabalhada pela escritura de Andrée Chedid, a argila de sua criação. Podemos acompanhá-los de livro em livro: a riqueza do ser humano, a defesa do múltiplo, o rosto e o amor.

A recusa do que está cristalizado, da homogeneidade, é um tema essencial; a obra de Andrée Chedid defende e ilustra o múltiplo e o mescla:

> "Tudo começou por amor às imagens e às cores; pela festa do olhar, pela necessidade e pelo prazer de exercitar as mãos (...)
>
> Terras múltiplas, rostos diversificados, mundos contraditórios, entrelaçando-se em uma tecedura incansável, compunham uma trama miscigenada e, no entanto, comum (...) todas as coisas participam do mesmo universo".[9]

Há algo com o qual a obra de Andrée Chedid nunca transige: a defesa a todo custo do múltiplo e do heterogêneo. Trata-se de defender a diversidade contra o que não muda, o "puro", a intolerância para com o outro. *O outro* é a figura que intitula um romance em que o outro é esse rosto, esse olhar que mantém a vida, durante o máximo de tempo possível, apesar da guerra, dos escombros, da morte

---

[9] "Texte pour une exposition à la Maison des Ecrivains" [Texto para uma exposição na Casa dos Escritores], nota manuscrita, 2 de junho de 1988.

que invadem o espaço. Mas o outro já está no eu; o menino múltiplo é, ao mesmo tempo, Omar e Jo, muçulmano e cristão, egípcio, libanês e parisiense; ele é o neto mas se torna o pai, de certa maneira, de Maxime, mais velho.

A emoção é sempre lida no rosto, o que nos faz lembrar da primeira cena de *L' autre [O outro]*: dois rostos virados um para o outro. É o ponto de partida do renascimento, que começa nesse encontro de rosto a rosto, de olhar a olhar.

As características estilísticas provêm dessas perspectivas e possibilitam a Andrée Chedid instaurar esse hino ao encontro, ao desejo, à vida. Em primeiro lugar há a alternância das diferentes vozes, o diálogo, não apenas nos diálogos propriamente ditos, mas na própria confecção das obras; assim, em *O menino múltiplo*, encontramo-nos diante de uma alternância de vozes e de narrações: narração feita pelo menino em Paris e narração feita pelo avô no Líbano.

Rosto e poesia precisam apenas de intensidade humana; sua única força é a atenção, atenção para com o outro e atenção para com a terra desbravada.

"É vasto um ser humano, indecifrável. Inesperado. Achamos que o compreendemos por meio de palavras e julgamentos, que o modelamos no decorrer de nossas narrações. De repente, eis que ele está em outro lugar! Ele toma a nossa dianteira em caminhos imprevisíveis; faz troça de nossa petulância, de nossas pretensões em mantê-lo em tal lugar, tal circunstância, tal sofrimento ou tal alegria.[10]

Há sempre, então, a busca de uma via que não seja a da violência. É o propósito de *La maison sans racines* [*A casa sem raízes*], onde Amal e Myriam, amigas de infância, mas de origens de comunidades diferentes, recusam-se a se envolver em lutas partidárias e buscam um caminho para a paz. É o tema de *Le message* [*A mensagem*]. É também o tema abordado de maneira mais distanciada em *Nefertiti et le rêve d'Akhnaton* [*Nefertiti e o sonho de Aquenáton*]. Ao fim de seu reinado, Aquenáton não admite declarar guerra.

O amor é esse mistério que dá forças para derrubar os muros mais sólidos. O amor só toma forma se formos capazes de olhar um rosto. A palavra "rosto" e os próprios rostos constituem os polos de atração de toda a obra de Andrée Chedid, frequente no título das obras poéticas, por exemplo. Não que os rostos sejam sempre descritos, não; é que o rosto é invocado como a única fonte de verdadeira consolidação ou ternura. O chamado a um rosto é o único verdadeiro chamado.

---

[10] *Les saisons de passage, op. cit.*

"Como cada um, eu sou múltipla. Mas a mesma. Eu me ramifico no passado, no futuro; e ainda assim caminho no hoje".[11]

É enquanto escritora francesa que Andrée Chedid é uma escritora universal, mas ela só alcança o universal porque parte do, e em seguida através do, particular. Ela enraíza a escritura no vivo da vida e do sonho, que é sempre singular, mas ela evita a redução ao folclore e só se limita à descrição do particular para dele extrair o essencial da condição humana.

"Escrever é estar aqui e em outros lugares simultaneamente. É, ao mesmo tempo, urgência e solidão e o chamado pelo outro. Apesar das aparências, é a vida multiplicada, sobrevivida".[12]

A conclusão deste percurso nos é oferecida em uma peça de rádio, *Le dernier candidat* [*O último candidato*]:

"*Amar... não tenha medo desta palavra, é a única que salva e que resiste a tudo*".

---

[11] *La cité fertile* [*A cidade fértil*].
[12] *Mot pour mot : sur l'écrit* [*Palavra por palavra : sobre o escrito*].

O MENINO MÚLTIPLO E SUAS MENINAS TAMBÉM MÚLTIPLAS

ADRIANA ZAVAGLIA*

Em 2012 tive a grata surpresa de receber para uma entrevista, entre candidatos ao Mestrado em Estudos Linguísticos, Literários e Tradutológicos em francês da FFLCH-USP, a jornalista Carla Renard. Seu projeto era muito interessante e bem feito, mas, como eu não a conhecia, quis ouvi-la em língua francesa nessa última etapa do processo seletivo. Enquanto falava, respondendo com maturidade cada pergunta, ela foi me encantando com sua expressão oral e sua acuidade intelectual. Conquistou-me e ingressou no curso. A partir de então, os acasos que a levaram ao seu objeto de pesquisa e os caminhos que percorreu para desenvolver seus objetivos se entrelaçaram e deram origem a esta admirável tradução da obra de Andrée Chedid, *L'enfant multiple*.

---

* Professora doutora (francês — tradução) junto ao Departamento de Letras Modernas da Faculdade de Filosofia, Letras e Ciências Humanas da Universidade de São Paulo e pesquisadora na área dos Estudos da Tradução, com vários textos publicados sobre o tema.

Carla Renard chegou à autora pela música de seu neto, Matthieu Chedid, "Je dis aime", que traz um jogo de palavras em língua francesa com a letra M. Para Carla, era um poema. Ouvindo-o, ouviu a avó do cantor. E foi então que começou a lê-la e a conhecê-la. As origens de Chedid confundiam-se com as suas próprias, permeadas pelo Egito e pela França; as palavras de Chedid contavam muito das histórias de seus próprios ancestrais, suas lutas, sofrimentos e esperanças. Nos idos de 2011, Carla, que já deixara a profissão de jornalista e já vivia exclusivamente de tradução, quis traduzir Chedid. Para sua surpresa, a autora premiada ainda não havia sido traduzida no Brasil.

Como foi pela tradução de obras escritas em línguas que não domina que pôde entrar em mundos desconhecidos, conhecendo a alteridade alheia, Carla Renard resolveu dar ao leitor brasileiro, pela primeira vez,[1] a possibilidade de conhecer os mundos narrados por Chedid, ora amorosos e tolerantes, ora trágicos e bélicos. Em *O menino múltiplo*, da agora tradutora Carla Renard, o Outro não aparece somente na uberdade multíplice da obra, na forma pela qual o humano, o tempo e o amor entrelaçam-se no fluxo metafísico das

---

[1] *La Femme de Job* (A mulher de Job) foi traduzido ao português europeu por Isabel Gentil Penha Ferreira, pela Editora Ambar, em 2002.

personagens, em suas provações e redenções, ou na opulência vária da narrativa, dos lugares e das paisagens. Não. Esta tradução mostra o Outro também, e talvez principalmente, nas palavras da tradutora escolhidas a dedo por seu ouvido atento às consonâncias da língua francesa de Chedid, essa menina também múltipla, "poeta da alteridade".

Andrée Chedid começou a fazer literatura fazendo poesia.[2] Segundo ela mesma, o espaço do poema não era suficiente para expressar o seu Oriente e os seus Rostos. Por isso parte para a prosa, para a novela,[3] e depois, talvez se dando por satisfeita no trato dos textos curtos, para o romance.[4] Mais tardiamente, experimenta o teatro.[5] Seu primeiro romance foi Le Sommeil Délivré (1952). E sua pena esvaziou a tinta. Escreveu muito. Foi muito traduzida. Dois romances seus foram adaptados ao cinema e os filmes, premiados.

---

[2] Citem-se *Visage premier*, publicado pela Flammarion em 1972 e *Par-delà les mots*, pela Flammarion em 1995.
[3] Citem-se *L'Étroite Peau*, publicado pela Julliard em 1965 e *Mondes Miroirs Magies*, pela Flammarion em 1988.
[4] Citem-se: *Le Sommeil délivré*, Stock, 1952; *Jonathan, Seuil*, 1955; *Le Sixième Jour*, Juillard, 1960; *Le Survivant*, Le cercle du nouveau livre, 1963; *L'Autre*, Flammarion, 1969; *La Cité fertile*, Flammarion, 1972; *Néfertiti ou le rêve d'Akhnaton*, Flammarion, 1974; *Les Marches de sable*, Flammarion, 1981; *La Maison sans racines*, Flammarion, 1985; *L'Enfant multiple*, Flammarion, 1989; *Le Message*, Flammarion, 2000; *Les Quatre Morts de Jean de Dieu*, Flammarion, 2010.
[5] Citem-se *Bérénice d'Égypte*, pubicado pelas edições Seuil em 1968 e *Le Dernier Candidat*, pelas edições L'Avant-Scène em 1973.

Ela mesma, autora, colecionou prêmios. Mas a nossa conversa é sobre L'Enfant Multiple. Neste romance, a narração se dá por idas e vindas, convocando o leitor a participar de sua construção. Publicado em 1989, foi elaborado a partir de uma experiência-imagem: num passeio com sua neta, um carrossel foi avistado; ao chegarem perto dele, avó e neta decepcionaram-se: estava fechado. Mas a literatura ganhou suas personagens: o proprietário do carrossel, Maxime, a criança, Omar-Jo e o próprio Carrossel. Não à toa, para brindar a alteridade, a praça onde fica o Carrossel é a Saint-Jacques, onde se encontraram muitas civilizações. Maxime, parisiense sem prestígio, mesmo junto à família, encontra em Omar-Jo meios para levar adiante seus desejos. Omar-Jo, enviado a Paris pelos avós após perder os pais e o próprio braço na Guerra do Líbano, encontra em Maxime e em seu Carrossel o que não tem mais em si. O menino libanês mexe com o parisiense mal-humorado e falido e o transforma, se transformando. A roda do Carrossel faz rodarem também suas vidas que, no encontro do Outro, entre tragédias, infelicidades e ausências, se transfazem e se remodelam em sua multiplicidade, a das personagens, pela escrita de Chedid, ou por sua escritura, que molda o que ela mesma costuma chamar de "bloco de argila", ou a bruteza do texto, que mostra Rostos múltiplos: de Maxime, de Omar-Jo, de você e de mim.

Para libertar essa língua poética encarcerada no papel pela leitura, pela interpretação, pela tradução, Carla empreende múltiplos esforços, dentre os quais o de se aprofundar na autora e na obra. Em sua dissertação de mestrado, ela tece o que chama de "identidade" de Chedid, discorrendo sobre sua biografia e seus escritos, para então passar às bases de sua obra. É então que descobre as palavras-chave do conjunto de suas publicações, o Outro e o Rosto, o Eu e o Tu, sobre as quais discorre enquanto conceitos; encontra-se com as suas personagens fortes, que são em geral mulheres ou crianças; percebe o real vivido e vivenciado pela autora tornado ficção. É também aí que percebe as marcas de seu processo criativo (quantas frases curtas e vírgulas, quantas sonoridades e imagens!) e conhece a crítica francesa sobre sua obra. Inspirando-se em análise de Foucault (2003) de trecho de *L'enfant multiple* e baseando-se nos preceitos de Meschonnic (1999), Carla quer "traduzir o que as palavras fazem, não o que dizem" (MESCHONNIC, 1999, p.173). E ela traduz o que fazem, essa outra menina também múltipla!

No processo de estudo e pesquisa que antecedeu esta tradução, quando traduziu metade da obra, a tradutora debruçou-se sobre si mesma como Outra, escrevendo e reescrevendo sua tradução, analisando-a em seus próprios movimentos. Essa tarefa não é das mais fáceis, mas é das mais produtivas.

Por tentativa e erro, buscar o que Chedid chamava de "a palavra certa". Que palavra seria essa? Existe uma só palavra certa? Certamente não. Mas no processo da escritura, na textura do discurso, seja para Chedid ou para Renard, a palavra certa se apresenta dentre outras como a que melhor diz, a que melhor traduz naquele momento da produção/interpretação o que se quer dizer, traduzir. Existem outras? Certamente sim. Esse trabalho lapidar aparece nos manuscritos de Chedid, assim como aparece, de fato, nas diferentes versões dos trechos analisados por Renard em sua pesquisa, as quais chamou de "encaminhamento da reescritura". Seu trabalho é, portanto, de natureza crítica. Nesse processo, a tradutora acabou por dar início ao desenvolvimento de um conceito, o da "identidade tradutória", que contempla o movimento na direção do Outro — a alteridade do autor e sua obra — para a criação de um Novo Outro, a tradução.

E o que é esse Novo Outro senão a expressão mais pura daquilo que falta a Mim e ao Outro? O que é essa tradução senão a expressão mais pura daquilo que falta ao tradutor e ao seu leitor?

A tradução de *L'enfant multiple*, de Andrée Chedid, feita por Carla Renard, intitulada *O menino múltiplo*, não vem somente preencher um vazio na recepção de obras francófonas no Brasil; vem também coroar um esforço de reflexão, de retidão e de sobriedade responsável da tradutora.

Por um lado, as traduções publicadas no Brasil, em parte retraduções, têm a tendência, compreensível, de trazer ao leitor brasileiro obras literárias clássicas francesas. O interesse por autores francófonos periféricos, de expressão francesa, mas não nascidos franceses, vindos de países nos quais essa língua é oficial ou segunda, tem, no entanto — e felizmente! —, crescido. Mas não o suficiente. Pensemos em alguns autores francófonos não franceses como os canadenses Antoine Gérin-Lajoie e Félix-Gabriel Marchand ou os senegaleses David Boilat e Léopold Panet. O que conhecemos deles? Quais obras estão traduzidas? O fato é que o brasileiro não leitor de francês tem pouco ou nenhum acesso a esse mundo Outro. E aí está um dos grandes poderes da tradução: o de descortinar esse mundo, o de revelar esse Outro, deixá-lo disponível.

A iniciativa da editora Martin Claret de aceitar o desafio de publicar a primeira tradução de uma das obras de André Chedid no país não só coroa os esforços de Carla Renard, como também abre ao leitor brasileiro um outro mundo.

Nesta tradução, em consonância com Meschonnic, o ritmo organiza a historicidade do texto, é o sujeito em relação à comunidade à qual pertence, é a literatura colocada em prática que está em evidência. A tradutora se mostra aqui em relação ao seu tempo e coloca em seu texto, ou seja, na sua prática, a literatura. Trata-se obviamente do seu modo de ler, ver e sentir o texto de Chedid. E por isso mesmo esse modo é único, e autoral. E em sua reescritura, literário.

Muito se discute sobre a autoria do tradutor: ora, ele não é autor, ele traduz um autor. De fato, o tradutor traduz um autor. Mas o texto do autor não é transparente, uma vez que é passível de interpretação. Em suas palavras, e nos espaços entre elas, estão previstas múltiplas interpretações. Estas dependem de um sujeito, de um tradutor. Ele mesmo, o autor, poderá interpretá-las de outra forma como leitor, já que, ao publicar suas palavras, não controla mais o que elas querem dizer porque, a partir de então, no contato com o Outro, elas fazem coisas... Então, sim, o tradutor é autor de sua interpretação e de seu texto, de sua tradução. Porém, ao publicá-la, também não a controla mais...

Vejamos um trecho de *O menino múltiplo*:

> Sem um pingo de ira, Léonard se comprazia. Fazia o sobrinho subir em seus ombros e caracolava, contornando a mesa dos banquetes enquanto relinchava e proferia ditos jocosos a cada conviva. (Renard, 2017, p. 36)

Vemos aí muita atenção ao ritmo. O diálogo entre "se comprazia", "fazia", "proferia", a sonoridade do –s em "sobrinho subir em seus ombros" e a imagem a que remete "caracolava contornando a mesa" não só materializam linguisticamente a interpretação rítmica da tradutora como também traduzem, na forma de um Novo Outro, o Outro ritmo, a Outra cadência, a Outra escritura de Chedid. Aliás, em nossas reuniões de pesquisa, houve momentos em que realmente me emocionei com a tradução de Carla Renard. Ela lia em voz alta o texto de Chedid e, em seguida, sua tradução. Esses momentos do trabalho foram tão intensos que lhe sugeri registrar, na dissertação, essas leituras. Nada mais poderoso que o Verbo dito. Esses registros orais estão disponíveis, para os leitores amantes, como eu, de seu trabalho, que deu origem a esta tradução, em sua dissertação. Mas vejamos o trecho de *L'enfant multiple* que a tradução acima traduz:

> Dénué de rancune, Léonard s'en donnait à cœur joie. Il faisait grimper son neveu sur ses épaules, et caracolait autour de la table des banquets en hennissant, en lançant de bons mots à chaque invité. (Chedid, 2016, p. 11)

Ao confrontarmos a tradução, de autoria de Carla Renard, com o trecho correspondente da obra de André Chedid, podemos discordar. E é o que ocorre em geral. Eu não faria assim, eu faria desse ou daquele modo. Obviamente, a leitura do original, se assim pudesse sempre fazer o leitor das traduções, pode ser, e em geral é, outra. Nessa apreciação apressada, não pensamos em tentar refazer os caminhos percorridos pelo tradutor: o que fez? Como chegou lá? Por que fez assim?

No caso de Carla Renard, temos um registro de sua pesquisa.[6] É possível acompanhar como chegou a algumas de suas soluções pelas diferentes versões que apresenta em seu trabalho de mestrado. No caso do trecho em pauta, há o registro das diferentes versões de suas traduções, ainda não definitivas, escolhidas:

> Desprovido de ressentimentos, Léonard se doava à tarefa com imenso prazer. Fazia o sobrinho subir em seus ombros e fanfarreava ao redor da mesa do banquete relinchando, ao mesmo tempo em que distribuía elogios a cada convidado. (19/12/2012)

> Desprovido de rancor, Léonard se doava de corpo e alma. Fazia o sobrinho subir em seus ombros e caracolava ao redor das mesas dos banquetes, relinchando e proferindo ditos espirituosos a cada convidado. (27/07/2014)

---

[6] Disponível em: http://www.teses.usp.br/teses/disponiveis/8/8146/tde-02052016-115026/publico/2016_CarlaDeMojanaDiCologna-Renard_VCorr.pdf. Com especiais agradecimentos aos membros que participaram da qualificação e da defesa do trabalho, os colegas Álvaro Faleiros (USP), João Azenha Jr (USP) e Maurício Cardozo (UFPR).

> Sem rancores, Léonard se doava de corpo e alma. Fazia o sobrinho subir em seus ombros e caracolava ao redor das mesas dos banquetes relinchando, proferindo ditos espirituosos a cada convidado. (11/05/2015)

> Sem um pingo de ira, Léonard se comprazia. Fazia o sobrinho subir em seus ombros e caracolava contornando a mesa dos banquetes enquanto relinchava e proferia ditos jocosos a cada conviva. (18/06/2015)

É nesse trabalho escondido, não mostrado nas traduções publicadas, que reside a lapidação do texto, a busca da "palavra certa". É no espaço entre uma e outra tradução que o Novo Outro vai se construindo, se erguendo, tomando forma. Quantas vezes Chedid reformulou seus textos, rearranjou, revisou? Quantas vezes Carla Renard reformulou sua tradução, rearranjou, revisou? Esse processo lapidar da busca dessa palavra certa, que não é certa, já o sabemos, é autoral, é a própria lavra, a laboração da literatura.

Esse trabalho intersubjetivo, sempre o Eu e o Outro envolvidos, é a expressão da atividade de linguagem. E nessa atividade, como bem diz o linguista francês Antoine Culioli, a alteridade é de fundação. Ao trazer para o público brasileiro esse menino múltiplo de Chedid, Carla Renard não só permite ao brasileiro entrar no carrossel profuso e multímodo da literatura francófona, o Eu encontrando-se com o Outro, como também lhe abre a possibilidade de reconhecer-se pelo Rosto múltiplo d'*O menino múltiplo*.

Deixo aqui, então, o convite à leitura da transformação, do múltiplo, do Outro, desta bela tradução de Carla Renard.

O MENINO MÚLTIPLO

A Carlitos
do riso às lágrimas
das lágrimas ao riso.

A Lorette Kher
ao sol da vida.

Menino de nossas guerras
Menino múltiplo
Menino de olhar lúcido
Que carrega o fardo
De um corpo ainda muito novo

Assim gira o mundo: Carrossel, que domina o tempo e modula a história. Rédeas frágeis, porém — as da liberdade —, ficam em nossas mãos; guiando, fora das pistas, nossas provisórias cavalgaduras na direção de nosso próprio destino.

Numa manhã de agosto, ir ao trabalho atravessando Paris a pé. Descobrir a cidade na saída da madrugada; observar pouco a pouco suas cores, suas formas, fora do banho revelador. Embeber os olhos. Bendizer a sorte de dela fazer parte. Surpreendê-la, percorrida por raros passantes, em sua cativante nudez. Parar, volta e meia, na beira do meio-fio: contar até vinte, trinta, quarenta... sem que um carro se anuncie na rua. Navegar ao longo de suas avenidas, serpentear no curso de suas ruelas, contornar suas praças; bordejar o Sena que se acobreia, as árvores que se alumiam. Provar esse silêncio ritmado por tantos suspiros. Sentir esse face a face, repleto de tantas vidas. Cantar por dentro. Saborear.

Nada disso acontecia mais com Maxime!
Rumo ao seu Carrossel, o empresário exibia, havia já algum tempo, um ar abatido. Um bico aborrecido, desiludido, que não coincidia com o

rosto arredondado, os pequenos olhos risonhos sob sobrancelhas bagunçadas, o bigode em tufo; com a jovial calvície que ele acentuava raspando a parte de cima da cabeça, conservando uma coroa de cabelos, castanhos e ralos, acima das têmporas e da nuca.

Seus quarenta e poucos anos bem encaminhados lhe davam, dependendo do humor, um brilho adolescente ou uma aparência cautelosa, reflexiva. O rosto, naturalmente bonachão, enrijecia-se cada vez com mais frequência, invadido por pequenas ondas de cólera ou pelo temor de se deixar enganar.

O ganho de alguns quilos era perceptível devido a baixa estatura. Maxime Lineau tinha decidido ir todas as manhãs ao local de seu trabalho andando a passos vívidos. De toda a família, apenas o tio Léonard possuía uma boa estatura: media um metro e oitenta e cinco; era musculoso, cabeludo. O sobrinho sempre invejara seu ar de atleta, admirara seu temperamento vigoroso.

No caminho, Maxime cruzava com alguns corredores. Os mais velhos lhe davam pena com aquela respiração ofegante, as pernas de saracura; se levantavam a cabeça para cumprimentá-lo, exibiam um sorriso forçado que mais parecia um meio sorriso. Ele não se sentia nada à vontade diante daquelas práticas estranhas tão alegremente adotadas. Atinha-se aos hábitos de infância, o esporte limitando-se a brincadeiras com bola no pátio da escola de sua comuna.

Exceto por algumas idas a cidades vizinhas, o empresário nunca tinha viajado.

A sorte, que lhe sorrira no início da instalação do Carrossel, bruscamente desaparecera. Bolsa em queda, especuladores prevendo o pior. Ignorando as complicações das operações financeiras, Maxime não possuía nem ações, nem obrigações. Mas o marasmo se disseminava, mesmo no seu pequeno comércio. Um comércio ao qual ele se doava havia mais de cinco anos e que qualificava de "artístico", em homenagem ao tio Léonard. Apenas ele teria entendido!

Logo que Maxime anunciara a intenção de deixar o cargo de funcionário público para comprar o Carrossel, sua família soltou os cachorros em cima dele. Deixar um emprego tão seguro para se jogar numa aventura tão medíocre revelava, para eles, a mais pura loucura.

— É um saltimbanco que você quer virar? Um saltimbanco!

Além desse tio Léonard, nunca houve excêntricos entre os seus. Todos tinham constantemente mantido à distância a "figura extravagante", convidando-o apenas para bodas e batismos. Durante essas festas, incentivavam-no a divertir os presentes, aplaudiam-no. As mímicas, o rosto imberbe e brincalhão, os lóbulos flácidos das orelhas, atrás dos quais flutuavam cabelos lisos até a altura dos ombros, fascinavam o pequeno Maxime.

Sem um pingo de ira, Léonard se comprazia. Fazia o sobrinho subir em seus ombros e caracolava, contornando a mesa dos banquetes, enquanto relinchava e proferia ditos jocosos a cada conviva.

Lá do alto, os rostos se fundiam num riso eterno; nem repreensões nem ameaças alcançavam o pequeno empoleirado — livre, inatingível, radiante.

Propenso tanto aos ímpetos contínuos de seguir o tio como a um temperamento mais pé-no-chão, conformista, que o aproximava dos membros de sua tribo, flutuando de um comportamento a outro, Maxime sempre teve dificuldade de se encontrar.

Mais tarde, de repente, um buraco se abriu entre ele e seus familiares. A palavra "saltimbanco" reluziu, ardeu em sua pele. Maxime se jogou em seu projeto, como fizera outrora, correndo a toda velocidade em busca de sua pipa.

Em traje de banho, o torso nu, os pés em chamas, o garoto toca mato afora. A longa linha sobe, estende-se ao céu, até ao inseto gigante, o pássaro multicolor que fende os ares.

É a aurora, ou então o crepúsculo, a hora indecisa e tranquila em que as coisas são mais mágicas, os adultos menos exigentes. Leve e soberana, frágil e vívida, a pipa — escolhida, dada por Léonard — rodopia, pirueta, tropeça, trepida, capina e deixa-se levar pelo vento... À mercê do intrépido brinquedo, o garoto se imobiliza, recomeça, acelera; para de novo, salta mais uma vez.

Até que, numa noite, um balé de pássaros de passagem se choca contra o magnífico objeto, destruindo seu frágil mecanismo, despedaçando seus papéis coloridos. Um deles se enrosca na linha. Suas patas, suas asas não conseguem mais se liberar da delicada carcaça.

A andorinha e a pipa se machucam, cortam-se mutuamente. E despencam, embaraçadas, aos pés do garoto.

Desconcertado, soluçando e lamentando-se, ele se ajoelha, esforçando-se para reunir os destroços dispersos.

No dia seguinte, enterra o pássaro de plumas com o pássaro de papel — já não se distingue um do outro — sob o mesmo montinho de terra.

A ideia de ter um Carrossel animava Maxime.
Livrar-se dos muros amarelados, das mudanças de humor do gerente, da mesa de madeira de faia manchada de tinta que o retinha durante horas; abandonar documentos, colunas numéricas, nomes indiferentes, anônimos. Tudo isso o encantava! Ele

deixaria, inclusive, sem remorso, os computadores que há pouco haviam chegado na empresa e que, incialmente, maravilharam-no.

Aos finais de semana, Maxime percorria a cidade a pé para escolher a localização de seu futuro Carrossel.

A poucos passos de *Notre-Dame*, não muito longe de *Châtelet*, ele encontrou o local desejado: praça *Saint-Jacques*, embaixo da misteriosa Torre, no canto do pequeno jardim.

Ele fez consultas, examinou leis e regras, foi atrás de uma licença de funcionamento e de uma série de autorizações. Apesar das dificuldades, dos procedimentos administrativos, das solicitações de crédito bancário e dos riscos a correr, Maxime foi feliz. Durante esse tempo, apaixonou-se tanto pela vida que, em troca, ela lhe insuflou entusiasmo, energia.

Já imaginava a plataforma rotatória dominada por cavalos reluzentes, veículos sarapintados. Ao pensar no povaréu pueril apossando-se de seu futuro Carrossel, ficava exultante. Embora obstinadamente solteiro e persuadido de que nunca teria filhos, rejubilava-se por, em breve, prover às crianças risos, regozijos e guloseimas como prendas.

Mas Maxime não era solitário; dava um jeito de nunca estar desacompanhado. Julgando-se fisicamente pouco atraente, surpreendia-se por seduzir, por cortejar com tanta facilidade as mais diversas mulheres, provando uma satisfação contínua com suas conquistas apressadas, suas aventuras numerosas e inconsequentes. Ele ficava contente por ter sempre encontrado parceiras — frequentemente casadas — que negligenciavam o amor e não aspiravam a prolongamentos.

Com Marie-Ange, uma esteticista da rua Aligre, as coisas quase ficaram mais sérias. Eles se recompuseram a tempo; o marido estava cada vez mais desconfiado.

Antes da instalação do Carrossel, Maxime se apaixonou pela história da Praça e comprou um guia dos monumentos da capital.

Naquele local fora erguida, na Idade Média, uma das mais importantes igrejas de Paris, ponto de partida para a peregrinação a Santiago de Compostela e, frequentemente, passagem das Cruzadas em busca da reconquista dos Locais Sagrados.

No século XIV, Nicolas Flamel, "o alquimista", fora o benfeitor da imponente edificação. Boatos afirmavam que o homem se correspondia com outros alquimistas em todo o mundo; principalmente com os árabes de Sevilha e os judeus do Oriente, detentores do segredo da pedra filosofal que transmuta os metais em ouro.

O MENINO MÚLTIPLO

As ligações misteriosas e privilegiadas entre ocidentais, árabes e judeus fizeram da Praça, há séculos, um trampolim para diferentes civilizações; uma zona secreta de entendimentos da qual Maxime, mais tarde, deveria se lembrar.

A igreja foi, posteriormente, reconstruída por Luís XII e consolidada por Francisco I. Destruída em 1797 pela Revolução, sua Torre foi adquirida por um demolidor que a alugou a Dubois, o armeiro. Este último, astuciosamente, derrubava do alto, gota a gota através de uma peneira, chumbo derretido que ele recolhia em grandes tonéis. O negócio, revelando-se frutífero, foi proveitoso a duas gerações de herdeiros.

Maxime cuidou de todos os detalhes da construção do Carrossel, escolhendo cada um de seus elementos. Determinado a decorá-lo à moda antiga, ele inspecionou a qualidade das madeiras, a película metálica dos sete espelhos ovais, o entrelaçamento das guirlandas, o contorno da cúpula. Escolheu as cores — uma para todo o corpo, outra para as crinas e as extremidades — das vestes confeccionadas para os doze cavalos. O décimo terceiro seria branco, com a crineira, as rédeas e os cascos acobreados. Ele optou por apenas um único veículo: uma carruagem, digna daquela do Gato de Botas, com dois assentos de veludo carmesim. Exigiu um mecanismo perfeito e descomplicado.

O Estado lhe alugou uma boa área, ao sudeste da pequena Praça. O empresário lá se instalou, implantou-se como se o pequeno jardim e a Torre de cinquenta e dois metros fizessem, daquele momento em diante, parte de seu patrimônio.

Nos primeiros dias, passeou como proprietário. Admirou a restauração das pedras em calcário; parou embaixo das estátuas, eretas em seus nichos: a Águia de São João, o Boi de São Lucas, o Leão de São Marcos. Desde 1891, viera a saber, o serviço meteorológico utilizava a Torre como observatório, cuja visita só era permitida com autorização especial. O dono do Carrossel se sentiu, então, altivo; como se sua propriedade se amplificasse rumo aos astros, sentiu-se associado a uma parte das estrelas e do firmamento!

Os dois primeiros anos foram radiantes; o empresário se convencera de que, por toda a eternidade, aquele lugar, aquela praça, os haviam esperado, aguardado, seu Carrossel e ele.

No início, tudo deu certo. Meninas e meninos afluíam, o dinheiro entrava em profusão, suas conquistas femininas se multiplicavam. Bastava que ele colocasse os olhos em uma babá, uma estudante que por lá passasse, uma comerciante do bairro, que logo conseguia um encontro.

Sua família continuava a ignorá-lo; não lhe fazia falta alguma. Achando aquele comportamento estúpido e antiquado, ele se livrou de uma só vez das obrigações dominicais e das intermináveis refeições por ocasião das festas laicas, ou religiosas, que nada de religioso tinham além do nome.

No terceiro ano, as dificuldades apareceram. O bem-estar, pouco a pouco, cessou.

A crise mundial se expandia, sua dívida aumentava. Inquietações e aborrecimentos se multiplicavam. As mulheres se afastavam. A gradual desafeição das crianças completou o angustiante cenário.

Os últimos seis meses tinham sido particularmente árduos; as preocupações fluíam como uma maré montante. O desencorajamento tomou conta de Maxime; ele se desinteressou de seu empreendimento e deixou de se preocupar consigo.

As voltas do Carrossel colocaram-no, com uma regularidade de metrônomo, diante de um dos sete espelhos, que refletiu impiedosamente sua imagem. Ele tinha quarenta e quatro anos, parecia ter dez a mais. A silhueta pesada, os ombros curvados; o suéter sujo e esburacado não disfarçava mais a barriga acentuada e flácida; as bochechas estavam murchas, os olhos quase inexistentes; a simpática calvície ganhava um aspecto ensebado, lúgubre.

Mesmo os olhares das mulheres se transformaram; ao cruzar com o seu, apagavam-se, eram indiferentes. Em compensação, Maxime recebia a atenção e os sorrisos cooperativos das senhoras idosas. Suas piscadelas, suas palavras de simpatia — parecendo indicar que elas já o consideravam como alguém de sua idade — faziam-no estremecer.

Cada vez mais cedo, o empresário cobria sua instalação com uma lona acinzentada antes de voltar, abatido, desencantado, para sua residência em *Reuilly*.

Passou, então, a fazer miseráveis economias, que não desencalhavam seu negócio. Para diminuir as despesas com eletricidade, deixou de acender as luminárias; não comprou mais fitas-cassete, passando a alimentar o toca-fitas com músicas batidas que já tinham desaparecido das paradas de sucesso. Durante as férias escolares, recusara-se a contratar alguém para ajudá-lo. Eliminou as varas de madeira, as várias argolas suspensas em peças de madeira e, em seguida, as guloseimas distribuídas aos vencedores.

Maxime se satisfazia ao punir, assim, os fedelhos estragados pela televisão; ao condenar os moleques de hoje, cada vez mais mimados, cada vez menos inocentes, a quem os carrosséis, com suas danças circulares, seus cavalos eternamente saltitantes e sua carruagem entalhada, não faziam mais sonhar! Regularmente ele se alegrava por estar sem aquela "pirralhada".

Avarento, mesquinho — como o fizera toda sua linhagem familiar, sem que seu patrimônio nunca tivesse prosperado —, ele retomava, com essas manobras tacanhas, uma tradição de economia e de previdência das quais, até então, mantivera distância. Restrições, cálculos despertaram nele hábitos ancestrais que o tranquilizavam. Tornou-se melancólico, azedo, parcimonioso; encouraçou-se em sentimentos amargos.

Unindo-se ao seu outro eu — mais realista, mais rotineiro —, Maxime se surpreendeu ao contatar a família. Foi visitá-la em um domingo.

No início, seus familiares sentiram um triunfo modesto. Mas enquanto o empresário contava detalhadamente suas preocupações, relatava sua derrota, eles passaram repentinamente a assediá-lo com conselhos e reprimendas:

— A gente te avisou! Seu Carrossel foi o seu demônio do meio-dia! Você tem que se livrar dele. Será que você vai conseguir voltar ao seu antigo trabalho? Você não é velho, mas também não é muito jovem. Hoje em dia, tudo isso é levado em conta...

Maxime assentiu com seus pontos de vista. Ele o revenderia.

Um fabricante de automóveis elétricos já lhe havia feito uma proposta. Ele produzia pistas magnéticas para várias feiras e parques de diversão; o sucesso de sua "Fórmula 1" só crescia. Tratava-se de pequenos veículos multicolores que se chocavam entre si fazendo um barulho ensurdecedor, cujas colisões provocavam explosões de faíscas. Uma música estrondosa ecoava várias combinações simultaneamente; ao redor, uma coroa de lâmpadas de néon se acendia, se apagava, em um ritmo infernal.

Para concluir o negócio, o comprador chegou em uma Ferrari, conduzida por um motorista usando quepe, e se dirigiu à pequena Praça, situada em um cruzamento cobiçado e bem comercial.

Fazia calor, o homem tirou o casaco. Usava uma camisa de seda, de cor salmão, com iniciais bordadas no bolso de fora. Tinha as unhas feitas, os óculos com armação imitando escamas. Não daria nada de mão beijada ao dono do Carrossel.

De sua parte, Maxime se esforçaria para obter o melhor preço do que ele passara a chamar de apenas "um capricho, uma obsessão".

Ele se ressentia da lembrança de seu tio Léonard, da pipa fadada à queda. Implicava com aqueles estúpidos cavalos de madeira de sorrisos imutáveis; com a carruagem que custou um preço exorbitante, cujos ornamentos dourados descamavam. Afastou-se daquela série de espelhos adornados de guirlandas, refletores de sua imagem de perdedor.

Maxime só pensava em se livrar daquele Carrossel que absorvera cinco anos de sua vida!

Com o comprador, a discussão tinha sido acalorada. Não haviam chegado a nenhum resultado.

No dia seguinte, na saída do metrô, Maxime se aproximou do Carrossel arrastando os pés e resmungando.

Levantou a pesada lona, dobrou-a sem pressa, rezingou ao pensar que precisaria espanar todo o equipamento, lubrificar todos os eixos.

Ao final do percurso tirou a lona, com certa irritação, da carruagem.

Ali dentro ele viu, surpreso — encolhido sobre o banco vermelho, deitado em posição fetal —, um pivete, um desocupado descalço que cochilava tranquilamente.

Atônito, logo tomado por uma fúria incontrolável, o empresário correu para a portinhola. Puxou-a com tanta violência que ela quase ficou em suas mãos.

— Fora, moleque sujo! Fora! — gritou.

Acordado de sobressalto, o menino se endireitou, esfregou os olhos.

— Fora! Eu disse: fora!

Sob a flama dessa cólera, dessas vociferações, o garoto ficou petrificado, em estado de alerta.

— Fora! Fora! — bradou a voz.

Sufocando de raiva, não encontrando outras palavras, Maxime mergulhou o braço direito no centro da carruagem e agarrou o menino pela camiseta azulada. Arrancando-o do banco, ele o levantou, fazendo-o atravessar o batente da portinhola escancarada, atirando-o em seguida por cima da plataforma; e, em um voo rasante, a exasperação redobrando sua força, ele o fez aterrissar na calçada, com os cabelos eriçados, os pés nus.

O garoto vacilava sob o choque. Deu um, dois passos, esperando que suas pernas parassem de tremer, antes de enfrentar aquele homem. Em seguida, usando um tom pelo qual se esforçava para afastar qualquer sinal de pânico, disse:

— Eu tinha vindo dar uma volta. Não tinha ninguém, então, estava esperando...

— Você está zombando de quem? — cortou Maxime. — Uma volta, no meio da noite?

Com a nuca endireitada, os pés repentinamente equilibrados, a voz restabelecida, o menino deu mais um passo na direção do homem do Carrossel:

— Em casa, sempre é noite.
— Onde isso, em casa?
O outro se imobilizou novamente.
— Você não quer responder?
Maxime esperou, retomando o fôlego. Mas, fixando-o com seu olhar distante, o garoto continuou com os lábios cerrados.
— Não estou nem um pouco interessado em saber de onde você vem! Sei que vestido como está, sem sapatos, com essa cara de...
Repentinamente, no meio do discurso, ele percebeu que no lugar do braço esquerdo do menino tinha apenas um vazio! Nada mais do que um coto intumescido apontando para fora da camiseta de algodão.
O empresário parou de repente, interrompendo suas invectivas.

O velho Joseph desliza, ao redor do dedo anular de seu neto, o anel com o escaravelho cor de areia.

— O anel do seu pai, é pra você. Use sempre, eu mandei ajustar pro seu dedo.

Esforçando-se para sorrir, ele aperta o garoto contra si, acariciando sua nuca. Não consegue, durante alguns segundos, desgrudar o corpo do pequeno do seu.

Ele o confia, em seguida, a um passageiro amigo. Este último se uniria à sua família, que vivia, muitos anos havia, do outro lado do Mediterrâneo.

Os dois partiriam no mesmo cargueiro que os deixaria em Chipre. Dali chegariam em Paris por mar e por ferrovia — que eram os meios mais baratos. O trajeto deveria durar de cinco a sete dias.

Gare de Lyon. Fim de maio, 1987. Pleno meio-dia.

Um sol noviço explodia em um céu que, até então, omitira-se na estação das flores. Ele se propagava, ebulia sobre a cidade, transpassava as vidraças do saguão; resplandecia as locomotivas e os vagões, fazia os trilhos cintilarem. Sob essa deflagração luzidia, mesmo a lembrança das nuvens, cuja coloração cinza cobria rostos e pedras, desaparecia. A despeito do contratempo da primavera úmida, o tempo excedia as expectativas. O verão se anunciava triunfal.

No final da plataforma de chegada do trem de Marselha, Antoine e Rosie Mazzar — com os olhos atentos, o coração acelerado — esperavam o garoto.

— Você acha que a gente vai reconhecer o priminho? — perguntou Rosie.

Fazia quinze anos, desde o começo daquela guerra incompreensível, civil, mas, ao mesmo tempo, fomentada por outros países, que o casal vivia em Paris. Inúmeros, inexplicáveis conflitos emprisionavam sua pequena pátria, fechando-a em uma ratoeira de onde ninguém avistava a saída. Antoine e Rosie nunca mais lá voltaram.

A modesta herança de um velho tio naturalizado — cuja emigração datava do século passado — tinha-lhes permitido comprar uma lavanderia. Os dois beiravam os cinquenta anos. Os negócios iam bem.

Outrora, em seu país, vendedora em uma loja de bijuterias, atraída pelo luxo do local, espelhando-se nas mulheres da classe alta cujas descrições de roupas elegantes e recepções enchiam as páginas das revistas, Rosie teve uma juventude imprevidente e frívola. Apaixonado e ciumento, Antoine reprovava sua despreocupação e suas coqueterias.

Desde a chegada à França, após a compra do estabelecimento comercial, ela assumiu seu papel de "patroa" com segurança e responsabilidade. Rosie mudou de ares, passou a usar um coque trançado de cabelos brancos que ela se recusava a tingir; usava vestidos com tons neutros que cobriam suas panturrilhas, meias-calças escuras acompanhadas de sapatos de salto baixo. Seu marido percebeu, satisfeito, que ela se ajustava, cada vez mais, à imagem da própria mãe: devota, cozinheira perfeita, gestora organizada.

Mas, muito rapidamente, ele desviou os olhos de sua austera esposa e se enamorou de Claudette, a jovem que, do alto de seus saltos agulha, vestia saias curtas e rodadas, enfeitava-se com colares chamativos e longos pingentes esmaltados.

Ela ia ao estabelecimento duas vezes por semana. Era-lhe entregue uma porção de roupas — pertencentes à clientela da lavanderia — que ela levava para sua casa para realizar os ajustes e os serviços indicados.

Nos dias de sua vinda, Antoine fazia de tudo para estar por perto. Animado com a presença de Claudette, não conseguia esconder seu embaraço. Sua mulher se aborrecia, esforçando-se para não deixar a irritação transparecer, receosa de desencadear a cólera do marido. Ele a alertara, após a última consulta médica, em que o doutor o achara muito tenso, que a partir daquele momento ele precisaria poupar seu coração, vulnerável e em perigo à mínima contrariedade.

Rosie só podia esperar a chegada do pequeno primo para modificar aquela lenta degradação. Sua presença obrigaria Antoine a se comportar como um parente sério; a assegurar à criança um ambiente respeitável.

— Claro que vamos reconhecê-lo — respondeu Antoine à pergunta de sua mulher. — Desde seu nascimento, já há onze anos, sempre recebemos fotos. Sua prima Annette cuidou de tudo!

A multidão que deixava o trem, em massa, recobria toda a plataforma; avançava em filas espremidas, em alta velocidade, buscando as saídas. Rosie e Antoine temiam perder a chegada do menino, mas ele também os procurava. Carregava, suspenso ao redor do pescoço, um cartaz com os nomes dos cônjuges Mazzar escritos em letras maiúsculas.

— Joseph! Joseph! Por aqui! — gritaram juntos ao avistá-lo.

Com um gesto, o garoto se livrou do cartaz e correu na direção deles.

— Tia Rosie! Tio Antoine!

Subitamente espantados, eles deram um passo para trás.

O menino, por sua vez, parou:

— Tio Antoine?... Tia Rosie?... São vocês?

Ultrapassando a curta cava, eles acabavam de descobrir o coto. A visão daquela coisa mutilada, inconveniente, fez com que eles sentissem aversão. Ficaram lá, desconcertados, imóveis, sem saber o que dizer.

O menino, entendendo a razão do recuo, tomou a dianteira. Erguendo-se na ponta dos pés, estendeu, depois envolveu seu braço válido ao redor do pescoço da mulher, em seguida do homem, levando-os — um após o outro — até ele, para beijá-los.

Rosie teve apenas o tempo de sussurrar para Antoine:

— O velho poderia ter avisado a gente...

Mas subitamente, envergonhada de sua própria repulsão, ela se inclinou, puxou o menino contra seu peito. Em uma confusão extrema, apertou-o contra ela, redobrando o entusiasmo. Logo beijou seus cabelos, suas bochechas, murmurando:

— Meu pequeno, meu queridinho...

Novamente, então sobre seus lábios, ela teve uma sensação estranha: um vazio, um oco, no lugar da maçã do rosto do lado direito. Disfarçando, examinou o local que sua boca acabara de aflorar. Só podia se tratar de estilhaços de metralha; a extração deixara uma cicatriz aparente, uma concavidade.

O MENINO MÚLTIPLO

Do outro lado do Mediterrâneo sempre foi um inferno. O que eles podiam fazer? Esforçavam-se para não pensar mais a respeito.

Apesar dessas mutilações, o menino era bonito. Sua cabeleira castanha formava um capacete de cachos definidos ajustados a uma cabeça redondinha. Ele tinha o nariz reto, as narinas palpitantes, delicadamente desenhadas; os olhos pretos e luminosos lembravam azeitonas. Ombros firmes, largos, pernas musculosas; ele vendia saúde. Sua pele absorvera muito sol. Ele todo irradiava um brilho indefinível.

O corpo truncado, o rosto mortificado tinham, parecia, deixado sua alma ilesa, vivaz.

— Meu pequeno, meu pequeno — recomeçava Rosie.

Segurando-se para não chorar, continuava a apertar o menino contra ela, como se tentasse fazê-lo entrar em seu ventre, que nunca carregara uma criança.

Toda sua carne se agitava, palpitava com uma fibra até então desconhecida. O prazer de uma efusão maternal tinha-lhe faltado a esse ponto? Em meio à multidão que desfilava e ao tumulto persistente na estação, a dois passos de Antoine, que achava o tempo longo, Rosie persistia nas carícias, agitava os dedos nos volumosos cabelos.

O menino se sentia, também, reconfortado. A ausência da mãe, da doçura de seus braços, veio-lhe à tona. Fazia um ano que ele morava sozinho, com seu avô.

— Joseph, meu pequeno Joseph!
— Não sou Joseph — murmurou. — Me chamo: Omar-Jo. Tia Rosie, me chamo: Omar-Jo.

Submersa na emoção, ela não o ouvia. Embalando-se em suas próprias palavras, repetia o inebriante refrão:

— Meu menino, meu pequeno, meu Joseph querido...

Daquela vez, ele se desprendeu de seu abraço, colocou-se bem à frente de seus dois primos e declarou com a voz clara:

— Meu nome é Omar-Jo.

Eles não tiveram, inicialmente, nenhuma reação. O menino insistiu:

— Eu me chamo Omar-Jo. Omar como meu pai. Jo como meu avô Joseph.

O tempo esvaído, a distância tinha apagado os acontecimentos do passado. Rosie se lembrara daquele "infeliz casamento"; era assim que sua família chamava a união da "pobre da prima Anette". Pensando nisso, e em suas rigorosas crenças religiosas, ela endureceu. Antoine, cuja fé se limitava a um espírito de clã, também se sentia contrariado. A qual dogma, a qual crença, a qual sociedade pertencia aquela estranha criança que ele pretendia cuidar como a um filho?

— Qual é a sua religião, pequeno?
— Aquela de Deus — respondeu o garoto.
— O que você quer dizer?
— A da minha mãe e a do meu pai... E todas as outras, se eu as conhecesse.

Rosie rompeu seu silêncio:
— Você sabe muito bem que a verdadeira religião...
— Se Deus existe... — continuou o menino.
— Se Deus existe! — admirou-se Antoine, que não cumpria nenhum de seus deveres religiosos, mas cuja condição de cristão, filho da Igreja romana, acomodava-o.

— Se Deus existe — continuou o menino, sem se alterar — Ele ama todo mundo. Ele criou o mundo, o universo e os homens. Ele escuta todas as nossas vozes.

A evocação de Deus no coração daquele vai e vem, da balbúrdia, da chuva que, sem nenhum sinal, se abatera enfurecida contra as placas vítreas da abóbada, pareceu esquisita e intempestiva ao casal.

— Este não é um local para pronunciar o nome do Senhor — declarou Rosie. Vamos voltar.

— Deus está em todo lugar — murmurou o menino procurando, em vão, um sinal de aprovação em um rosto, depois no outro.

Sua prima o pegou pela sua única mão e o levou, acompanhando seu marido, ao estacionamento.

Os primeiros contatos com o menino mostravam-se menos harmoniosos do que ela esperava. Eles teriam de enfrentar um cabeça-dura.

O casal deixaria em breve seu apartamento de um quarto para se instalar em um arranha-céu da décima terceira subprefeitura de Paris. O novo apartamento — escolhido na planta, comprado a prestações — seria mais espaçoso. O menino teria seu próprio quarto.

Omar-Jo se desfez, com habilidade, de sua mochila. Dela tirou saquinhos de coentro, de menta seca, canela, café moído à maneira turca e até uma garrafa de áraque, enrolada em uma folha de papelão ondulado.

— O avô enviou tudo isso pra vocês!

Rosie tinha preparado folhas de uva com patas de carneiro e queijo branco temperado com azeite de oliva, para não desnortear o menino. Ela também lhe preparara doces recheados com pistache e polvilhados com açúcar. Ele comeu com vontade.

Omar-Jo utilizava e manipulava os talheres com destreza. Ele descascou um pêssego com seus dentes, se ofereceu para lavar a louça, fazer o café:

— Estou acostumado, mesmo com um braço só!

Ele fazia alusão àquele vazio com naturalidade, tentando deixá-los confortáveis.

Na hora da sobremesa, contou histórias sobre seu povoado, a vida com seu avô — com quem compartilhou a existência desde o acidente.

Ele falaria do dia trágico? Aquele que o obrigara a deixar a cidade para se refugiar, na montanha, com o velho Joseph? Antoine e Rosie estavam ansiosos para saber dos detalhes; mas não ousaram trazer novamente ao menino o horror daquelas lembranças.

— Te matriculamos na escola para a volta às aulas. Não é longe, você vai poder ir a pé. A tia Rosie vai te mostrar o bairro.

— Você vai conseguir se virar sozinho? — ela perguntou.

Com um gesto travesso, o garoto pegou a caneta cuja tampa estava do lado de fora do bolso de Antoine, tirou do fundo do seu bolso um bloco, metade preenchido, e traçou em uma página branca, com uma bela caligrafia, seu nome em árabe e em francês.

Após o jantar, eles lhe mostraram muitas fotos de família. Elas estavam dispostas em vários lugares, sobre toalhinhas rendadas, em molduras de vários formatos.

— Você se reconhece? Aqui, nos braços da sua mãe, Annette. Ali, com o velho Joseph. Com seus primos Henri, Samir; com sua prima Leila. No seu aniversário de oito anos...

Ele procurou com os olhos uma imagem de seu pai, Omar; mas não a encontrou em lugar nenhum.

Levianamente, Rosie soltou:

— No dia do acidente, foi seu pai quem quis atravessar a linha de demarcação, levando com ele a pobre Annette?

O menino se calou. Parecia distante, fora de alcance. A noite acabou do jeito que pôde.

Algumas semanas antes, a cidade reencontrara a paz. A população se persuadira, mais uma vez, de que seria o fim da tormenta, o início da calmaria.

Era um domingo à tarde. Fazia calor. Cheirava a pó e a umidade do ar do mar.

Omar usava um jeans escuro, uma camisa quadriculada bege com a gola entreaberta. Annette colocara seu vestido de verão de florzinhas alaranjadas, com três babados na barra. Ela não usava meia-calça; a cor de seus sapatos de pano estampado de capuchinhas combinava com os tons de sua roupa.

— Vamos passear, Omar? — ela sugeriu.

— Sim, vamos passear.

Eles estavam de acordo, quase sempre. Omar-Jo provava um sentimento de bem-estar que diminuía, ensurdecia as cenas de violência que se sucediam, fazia mais de doze anos do lado de fora.

O garoto se lembrava de tudo.

Ele podia, a cada instante, reviver a cena toda. Podia, a cada segundo, como se real fosse, penetrar no cômodo inundado de sol que dava para a estreita varanda; deslizar entre seu pai e sua mãe, roçar neles, esfregar-se nas saias de Annette, pendurar-se nos ombros de Omar; ouvir suas vozes, seus risos.

Escutar seus risos... Apesar dos riscos cotidianos, dos perigos de toda natureza — mesmo a situação deles era crítica —, eles riam, muito, juntos.

Naquela manhã, seus rostos tão jovens, tão próximos, refletiam-se no espelho retangular da sala. Omar passara seu braço em torno da cintura de sua mulher e, em seguida, estalara-lhe um beijo na bochecha.

Omar-Jo estava agachado no chão. Desenhava. Queria ficar em casa.

— Vamos te trazer um sorvete. Você quer de qual sabor?

— De chocolate. A casquinha grande.

— A maior!

Eles desapareceram de mãos dadas, deixando para trás a porta entreaberta.

Omar e Annette têm de descer cinco andares; o prédio não tem elevador.

Continuando a colorir sua página, Omar-Jo ouve distintamente seus passos sobre os ladrilhos. Na medida em que imergem, o ritmo acelera. Ele adivinha o salto duplo que eles executariam, como de costume, sobre os três últimos degraus de cada patamar.

Imagina a corrida, as passadas largas. Parecem sedentos por movimento, atraídos pelo que há lá fora. Vão cada vez mais rápido, ignorando a rampa, resvalando alegremente nos andares, lançando-se ao encontro daquilo que os aguarda.

Omar-Jo sempre se perguntará por que ele, tão de repente, deixou seus lápis de cor. Por qual motivo correu para a varanda para gritar que tinha, inesperadamente, mudado de ideia; que queria, naquele momento, juntar-se a eles.

— Ei! Ei! Papai, mamãe! Também vou.

Eles deixaram a soleira do prédio; ouviram seu grito, viram-no, chamaram-no:

— Desça rápido. Estamos te esperando!

Com as sandálias na mão para não perder um segundo, ele se atirou, os pés descalços, escadaria abaixo.

Ao chegar nos últimos degraus, Omar-Jo agachou-se para colocar as sandálias.

Ele calçou uma. Apenas uma.

Uma violenta explosão rompeu os ares, seguida de outra deflagração que fez tremer todo o edifício.

Com a segunda sandália na mão, o menino correu para fora.

— Veja bem... — retomou o empresário, esforçando-se para reencontrar a calma pouco depois de encontrar o menino amputado. — Pés descalços, nenhum centavo nos bolsos... eu nunca teria deixado você subir no meu Carrossel. Nem de noite, nem de dia!

— Meus sapatos estão na sua carruagem, respondeu o garoto. — Você tem que me devolvê-los.

Isso era demais!

— Me livrar deles, você quer dizer! E você, junto! Você e seus piolho, vai, chispa, fora daqui o quanto antes.

— Eu não tenho piolho, nunca tive! Olha.

Ele se aproximou, sacodiu a abundante cabeleira preta, passou a única mão nos volumosos cachos.

— Me diz se você vê uma única pulga aqui?

— Saia daqui ou eu chamo a polícia!

— A polícia! Por que a polícia?

O menino continuou aprumado, mantendo a postura segura e calma. Com apenas uma olhadela, avaliou o indivíduo que estava à sua frente. Por trás das injúrias e da irritabilidade, o homem lhe parecia frágil, sensível; até compassivo.

Devido a tudo o que vivera em sua pátria destruída, Omar-Jo adquirira, apesar da pouca idade, uma percepção exata dos seres humanos; um julgamento sobre a existência e sua precariedade que o manteve lúcido e paciente.

— Por que "saia daqui"? Por que "a polícia"? Por que você fala comigo usando essas palavras? A gente poderia resolver as coisas, se entender, você e eu.

— "Resolver as coisas"? Como você quer que a gente resolva as coisas?

Ainda aos pés do Carrossel, Maxime examinou o menino, tentando, no entanto, evitar aqueles pequenos olhos que procuravam os seus. Na sua cabeça, ele o associava aos jovens delinquentes de seis a catorze anos que deambulavam em ziguezague no metrô, nas grandes lojas; aos batedores de carteira, capazes também de esquemas mais perniciosos. "Aprendizes de criminosos!" — teriam dito os seus.

O malandrinho ter perdido um braço não era razão para desculpas! Só Deus sabia em qual rixa de gangues, em qual grupo de pequenos infratores o acidente teria ocorrido.

— Meu sapato! Você pode me dar meu sapato? — pediu o menino com uma voz tranquila.

Maxime subiu na plataforma do Carrossel, se dirigiu à carruagem, cuja porta ficara aberta; avistou o par de tênis, bem alinhado sob o banco.

Na hora de pegá-lo, recuou, tomado de repulsa, e vociferou:

— Vem pegar você mesmo esse tênis fedorento!

O garoto não esperou duas vezes. Num só salto já estava no Carrossel, a dois passos do homem.

Dessa vez o empresário percebeu, na maçã do rosto do lado direito, um quadrado de pele costurada acima de um vazio. A bochecha tinha, por certo, sido traspassada por um tipo de lâmina. Essa descoberta confirmou suas suspeitas: o moleque devia fazer parte de um perigoso bando de arruaceiros. A desconfiança de Maxime foi redobrada.

Durante esse lapso de tempo, o menino calçou o par de tênis, amarrou os cadarços, procurando continuamente os olhos de seu interlocutor.

— Eu não tenho dinheiro, mas quero reembolsar minha noite na sua carruagem.

— Me reembolsar? Como?

— Me use, você não vai se arrepender.

— Te usar? Só com um braço, você pode servir pra quê?

Sem pestanejar, o menino prosseguiu:

— Eu vou limpar seu Carrossel, vou fazê-lo brilhar. Vou fazer dele uma verdadeira joia!

Ele esperou alguns instantes, antes de acrescentar:

— Todos os meus serviços eu os ofereço de graça!

Sentindo que tocava um ponto sensível, insistiu:
— Você me ouviu: DE GRAÇA!

Maxime deu uma olhada na direção da cabine de madeira que fechava a caixa-registradora; ele deixava sempre, ali, uma pequena soma de dinheiro. Será que o pestinha havia forçado a fechadura? Sem fazer alarde, foi até lá, mexeu várias vezes na maçaneta. Tudo parecia em ordem, intacto.

O garoto, que tinha entendido a manobra, inclinou-se na direção de suas pernas e virou do avesso, de uma vez, os bolsos de seu par de calças cáqui, que chegavam na altura dos joelhos. O conteúdo foi despejado aos pés do empresário: chiclete, ponta de caneta, três lápis de cor, um bloco, um canivete, uns trocados, um lenço enrolado, quatro bolinhas de gude...

— Eu não peguei nada de você. Não sou um ladrão.

— Tá bom, tá bom — disse Maxime, constrangido. — Recolha tudo isso e vá embora.

O garoto se abaixou, recolheu antes as moedinhas, mostrou-as a ele:

— Elas não são daqui, são de onde eu venho. Não valem mais nada, só a lembrança.

— Tá bom, tá bom... — resmungou o empresário, lançando um olhar furtivo sobre aquela moeda estrangeira cuja origem não reconhecia.

O garoto recolheu o resto; por último, as quatro bolinhas de gude de ágata que expôs na palma de sua mão aberta:

— Escolha. Tem uma pra você.

— O que eu vou fazer com isso? Vai, guarda isso.

— Você nunca jogou bolinha de gude?

— Mas claro que sim, sim...

— Então, faz como eu, guarda como lembrança.

Entre o polegar e o indicador, Maxime pegou com cuidado a mais colorida das quatro, com o espiral laranja e verde no centro. Ela o fez se lembrar de sua antiga bolinha de gude, com a qual sempre ganhava.

Outrora, em um grande frasco, o jovem Maxime colecionava bolinhas de aço e de vidro de diferentes formatos.

Já com mais de oitenta anos, Ferdinand Bellé o treinava no seu carrinho Rabo Quente para participar das corridas na cidade e o recompensava oferecendo-lhe sempre uma bola de gude na volta.

Pondo termo a todas as objeções de sua mulher — que tinha vinte anos a menos e tremulava ao vê-lo ao volante —, ele deixava a pequena casa provençal de telhas arredondadas acompanhado por Maxime, o filho dos vizinhos.

Casebres — de placas de madeira mal encaixadas ou de pedras mal lavradas — aglomeravam-se, como verrugas, à acanhada construção, ampliando-a em sua extensão. Situado no declive de uma colina, o alojamento dos Bellé parecia, de longe, uma choupana de bruxa, dessas que ilustram os contos infantis.

O MENINO MÚLTIPLO

A pequena casa de formas irregulares tinha vista para o Monte Santa Vitória. "A Montanha de Cézanne", declarava Denise, que se aposentara fazia pouco tempo do ensino.

Assim que se acomodava em seu carro, a idade abandonava Ferdinand Bellé; os anos eram devolvidos ao tempo. Ele não precisava mais contar com suas pernas para sustentá-lo; a visão se adaptava, as mãos paravam de vibrar. Ele se deixava embalar pelas estradinhas campestres. Logo pegava as curvas em alta velocidade, sucumbindo a um sentimento de poder que o reanimava, antes de se jogar na rodovia para se unir às filas de automobilistas imersos em seus estimulantes instintos migratórios.

No retorno, tocando a terra, Ferdinand reencontrava o irrefutável e revestia sua carapaça de velho caquético. A coluna vertebral alongada se arqueava, os dedos compridos e finos tamborilavam, inutilmente, no ar; as calças, muito largas, vagavam sobre pernas fantasmas; seu rosto, muito magro, confundia-se com apenas um perfil.

O último trecho da estrada acabava a alguns metros da pequena casa; era preciso abandonar o veículo, seguir o resto do caminho a pé.

Acompanhado pelo velho esbaforido, o adolescente subia a encosta, carregando todas as mercadorias.

A retribuição não demorava a vir. O frasco foi logo enchido até a borda. Para usar todas as bolinhas de gude, o menino começou a praticar. Tornou-se, em pouco tempo, o incontestável campeão.

Alguns anos mais tarde, Ferdinand Bellé, viúvo e ainda vivo, continuava a receber a visita de Maxime. A paixão pelas bolinhas de gude tinha cedido lugar à paixão pela bocha. Os dois encontravam juntos as equipes de jogadores do vilarejo mais próximo.

Ferdinand estava quase cego. Deslocando o bolim, os jogadores combinavam, às vezes, de fazê-lo ganhar. Nunca duvidando de sua própria vitória, o velhote se deixava aplaudir deliciosamente.

Foram longas e divertidas partidas regadas a *pastis*.

O canto das cigarras minguava. O azul mineral do céu se dissolvia nos tons frutados da noite.

— Então — perguntou Omar-Jo — o que você acha da minha proposta?

Envolvido nas lembranças de suas próprias bolinhas de gude, o empresário colocou no bolso aquela com o centro espiralado, que ele até então mantivera entre os dedos.

— Qual proposta?

— De você me usar no seu Carrossel.

Fugindo à resposta, Maxime tentava descobrir um pouco mais sobre aquele estranho pestinha. Apontou com o dedo para o coto, depois para a concavidade na extremidade superior de sua bochecha:

— Como isso aconteceu?

— Um acidente — disse o menino, pouco disposto a confidências.

— Você faz parte de um bando?

Lá também existiam bandos: instáveis, perigosos, todos armados. Grupos inatingíveis, impossíveis de serem controlados.

— Eu não faço parte de nada.

Ele tinha um jeito bem dele de levantar a cabeça, sem arrogância, como para marcar seu território, colocar um limite intransponível.

— Se eu te contratar, eu preciso pelo menos saber de onde você vem!

— Eu não te perguntei de onde você vem — replicou o menino.

Ele encarou seu interlocutor, detendo-se, como sempre, nos olhos, buscando o fundo do olhar, e acrescentou:

— Um homem que ama seu Carrossel, eu não preciso saber de onde ele vem. Ele é da minha família.

— Da sua família? De onde você tirou isso?

— Não a família do sangue, mas a outra. Às vezes isso conta muito mais. A gente pode escolher.

— Você quer dizer que me escolheu?

— Sim, agora eu te escolho!

— Isso teria que ser recíproco, você não acha?

— Será.

Os últimos dias tinham sido tão calmos, tão deprimentes, que o empresário, repentinamente, jubilou-se com aquela troca provocante. Curvou-se e saudou, divertido, o surpreendente garoto:

— Muito lisonjeado por sua escolha. Sinceramente, bem sinceramente, eu te agradeço, rapazinho!

O menino o ajudava, por enquanto, a dobrar a lona, depois a empurrá-la sob a plataforma em uma espécie de nicho de madeira.

— Faz tempo que você anda por aqui?
— Mais de um mês.
— Eu nunca te vi!
— Você não vê ninguém, eu já percebi.
— Você me observava?
— Às vezes você parece tão cansado, tão triste.
— Você nunca deu uma volta no meu Carrossel?
— Nunca.
— Você não tem dinheiro?
— No momento, me falta.
— Você tem uma casa pelo menos?
— Não é longe daqui.
— Uma família?
— Eu moro com os primos da minha mãe. Eles vivem em Paris faz quinze anos.
— Eles têm residência permanente?
— Eles são franceses. Naturalizados.
— Ah, tá. Mas e os seus pais?

O menino virou a cabeça; não podia, ainda, responder a essa pergunta. Se ele apenas pronunciasse os nomes de Annette e Omar, sua boca, certamente, pegaria fogo.

— Eles te abandonaram?

O menino ficou tenso, com a respiração quase bloqueada:

— Eles nunca me abandonariam! Nunca.

Consciente da confusão que causara, o empresário prosseguiu:

— Você me conta isso depois. Bom, se você quiser.

Antes da abertura do Carrossel, Maxime precisava cuidar de algumas tarefas. Afastou-se para realizá-las.

Sentado, as pernas pendentes no beiral do Carrossel, o menino contemplava a pequena Praça; perguntava-se sobre aquela Torre enigmática, observava a chegada dos passantes.

Eram sete horas da manhã. Exceto por algumas pombas que se moviam, de maneira letárgica, sobre a terra batida, o jardim da Praça ainda estava deserto.

A chegada de uma senhorinha, de passos incertos, saias pesadas, cachecol púrpura, modificou o ambiente. Ela tirou de sua cesta um saco de papel marrom e dele sementes, que espalhou pelo chão, em sua cabeça, em seus ombros e nas palmas de suas mãos abertas.

Misteriosamente alertadas de sua presença, as pombas, tiradas de seu torpor, correram de todas as partes na mesma direção; multiplicaram-se, esvoaçaram, arrulharam, bicaram.

A mulher parecia um grande poleiro com asas espetadas. Sua face amassada e vencida se suavizava, corava de prazer.

Ao mesmo tempo, em um dos bancos, um rapaz rabiscava em um bloco.

De repente, ele riscou raivoso suas linhas, arrancou a folha e a jogou fora. Já havia uma dezena de bolas de papel amassado em seus pés. Em seguida, recomeçou. A angústia, aumentando mais e mais, enrugava sua testa, contraía suas mandíbulas.

Ele se levantou, enfim. Percorreu, agitado, o jardim da Praça; antes de se dirigir ao leão de pedra cinza, pousado em um canteiro de flores na parte inferior da Torre.

A estátua medieval parecia um imenso gato. Ele o acariciou, durante muito tempo, entre as orelhas, ao longo de sua espinha, e pareceu encontrar — graças a esse gesto sensível e familiar — uma nova motivação.

Alguns minutos depois, retomou seu lugar no banco. Voltou a encher, de maneira febril, as páginas que havia conservado, desta vez destacando-as do bloco e com elas forrando, uma a uma, seus bolsos.

Voltados a si, indiferentes tanto ao ambiente como à agitação da cidade que emergia, pouco a pouco, de sua letargia, os olhares do jovem escritor e da mulher das pombas não se cruzaram.

Já Omar-Jo tinha descoberto tudo. Tinha observado tudo, associado tudo, o que havia acontecido em e ao redor daquele local, do qual ele já fazia parte. A pequena Praça, com o jardim, seus personagens episódicos, a Torre e o Carrossel, seguiam, ao que lhe parecia, uma existência autônoma, às margens da cidade.
Seu olhar se voltou, então, para mais longe; para os passantes que surgiam da saída do metrô mais próxima. Cada vez mais numerosos, esses, desatentos uns com os outros, dirigiam-se em um ritmo acelerado às suas próprias destinações.

Omar-Jo se levantou, deu uma volta cuidadosa na pista, tocou com a mão o teto esculpido da carruagem. Depois de alguns segundos, dirigiu-se ao homem do Carrossel, que a duras penas tentava remendar o estribo dos cavalos de madeira:
— Seu Carrossel é bonito. Mas eu vou transformá-lo no mais bonito da cidade. No mais bonito do país inteiro!
Sem esperar resposta, o menino se dirigiu à cabine, penetrou em seu interior, vasculhou um baú

enferrujado e tirou de lá alguns panos e produtos de limpeza. Atrás da caixa registradora, encontrou um espanador, uma vassoura. Amontoando tudo, voltou para a plataforma e começou imediatamente a trabalhar.

Passando do cavalo cinza malhado ao preto, ao fulvo, ao alazão, ao baio cereja, esfregou-lhes as pernas, os peitorais, os flancos; afagando-os como a seres animados. Lustrou crinas e rabos, bridas e rédeas. Escarranchado sobre cada montaria, ele primeiro enxaguava, depois raspava a parte interna das orelhas, das narinas.

— Ninhos de pó! — exclamou o garoto a alguns passos de Maxime, que o fixava estupefato.

Por fim, entabulou a limpeza da carruagem. Varreu as placas do tabuado, escovou o banco de veludo vermelho sobre o qual dormecera; desempoeirou as rodas, poliu as douraduras. Admiravelmente ágil, servindo-se de seu único braço, o menino consertou o estribo e deixou reluzindo os sete espelhos.

Sendo ele mesmo e vários ao mesmo tempo, projetou-se ininterruptamente de um lugar para o outro. Maxime teve vertigens! Fechou, abriu, várias vezes, os olhos, perguntando-se se não estava delirando.

Repentinamente, chamado por chiados joviais, avistou o menino, trepado sobre a cobertura, polindo a cúpula escarlate.

— Desça daí, você vai quebrar o pescoço! Desça imediatamente. Se te acontecer alguma coisa, eu vou ser o responsável!

— Nosso teto será visto de todas as partes. Até do alto do céu!

— Você está parecendo um macaco! — gritou o empresário, meio brigando, meio admirando o garoto que acabava de aterrissar ao seu lado.

— Você quer dizer: "Esperto como um macaco!" — retrucou o menino, alterando logo a expressão a seu favor.

— É isso: "Esperto como um macaco!". Você tem resposta pra tudo! Pois bem, agora você vai talvez aceitar responder à minha pergunta.

— Qual pergunta você quer que eu responda?
— Como você se chama?
— Eu me chamo: Omar-Jo.
— Omar-Jo? Não ficam bem juntos esses dois nomes.
— Eu me chamo: Omar-Jo. — insistiu o menino.
— E isso lá parece um nome?
— É o meu nome.
— Vou te chamar de Joseph. Ou então: Jo, se você preferir. Um diminutivo que todo mundo vai reconhecer.
— Não mexa no meu nome!

A voz foi autoritária. Apesar da natureza brincalhona do garoto, Maxime entendeu que ele podia, de repente, levantar um muro de resistência diante do que o ofendia.

— Eu não queria te irritar.
— Eu me chamo: Omar-Jo — repetiu mais devagar. — Omar e Jo: juntos!
— Omar-Jo — consentiu o outro.

— Você pode, se quiser, acrescentar um terceiro nome a estes dois.

— Um terceiro nome? ..... Qual?

— Vou te explicar depois.

Depois, pensou Maxime. É isso, ele vai ficando! Já está se sentindo em casa. O empresário percebeu que as coisas já estavam organizadas e que, daquele dia em diante, seu Carrossel não poderia mais ficar sem o astucioso garoto.

— Todos os meus serviços: de graça. DE GRA-ÇA! — cantarolou Omar-Jo.

Ele colocou em seu devido lugar panos, vassouras, produtos; e, se voltando para Maxime, disse:

— Eu também vou fazer um espetáculo pra você!

— Um espetáculo?

Sem deixar a este último nenhum tempo de reagir, ele correu novamente ao cubículo.

Preso entre o toca-fitas, a caixa registradora e o acúmulo de diferentes objetos, enfeitou-se com tudo o que lhe caíra nas mãos. Em seguida, caracterizou-se com os restos que raspou de alguns potes de pintura.

Maxime, que o observava através do vidro da cabine, sentiu de novo uma vaga suspeita — imediatamente rejeitada. Agitado por sentimentos contraditórios, ele oscilava, desde o aparecimento do menino, entre a desconfiança e a simpatia.

Foi buscar uma cadeira de jardim, voltou e se sentou diante do Carrossel, à espera do singular traquinas. A curiosidade, a impaciência do espectador antes de as cortinas serem levantadas, conquistavam-no aos poucos.

O toca-fitas foi ligado. Uma música alegre e sincopada anunciou a entrada do sapeca.

Cabelos cor de laranja, bochechas multicoloridas, pálpebras e boca escarlates, o espanador amarrado com barbante no lugar do braço ausente — dando-lhe a aparência de uma criatura bizarra, meio humana, meio alada —; realizando algumas piruetas, Omar-Jo se apresentou.

Ele deambulou, em seguida, entre os personagens do Carrossel: estalou um beijo no focinho do cavalo alazão, montou no cavalo ao lado, esticando-se todo sobre a sela. Entrou, saiu várias vezes da carruagem, interpretando ora um monarca, ora um lacaio; ora um fidalgo, ora um mendigo.

Todos da pista se reanimaram. Maxime relembrou os entusiasmos do passado, de seus primeiros impulsos.

— Olhe bem pra mim!

O menino saltou de pés juntos sobre a terra batida, caminhou na direção do homem do Carrossel, circulou ao redor de sua cadeira, com os pés em ângulo reto, remexendo os quadris. Delineou molinetes no espaço, auxiliado por uma bengala invisível; levantou e recolocou um chapéu ausente; bebeu o ar com breves lambidas.

Maxime rachou de rir.

— Que palhaço!

— Te lembra alguém?

O garoto insistiu mostrando a bengala e o chapéu imaginários, forçando os pés para o lado de fora; finalizou com uma queda sobre as costas e as pernas costurando o ar.

— Chaplin! Charlie Chaplin! — exclamou Maxime.

— Muito bem, é isso! Então, este vai ser meu terceiro nome.

— Como assim?

— Omar-Jo Chaplin!

— Omar-Jo Chaplin?... Você não está falando sério!

— Nunca falei tão sério!

Ele era devoto, desde pequenininho, do palhaço, maltratado, como ele, pelos acontecimentos e pelos homens. Do palhaço atrelado às desgraças, mas que sabia, com elas, divertir os outros. Divertir-se.

— Você acha mesmo que é uma boa ideia? — perguntou o empresário.

Toda aquela situação lhe parecia incongruente. Além disso, os três nomes díspares — saídos de países e mesmo de continentes diferentes — eram a marca de um cosmopolitismo que não lhe agradava.

— É uma excelente ideia. Vai te dar sorte.

O menino tinha herdado de seus ancestrais — navegadores, campeões nos negócios, criadores de lojas de mercadorias em toda a periferia do Mediterrâneo, desde a Antiguidade — tino para o comércio.

— Você vai ver, vou te trazer multidões. E fazê-las rir... Rir até chorar...

Ele hesitou na última palavra. "Chorar" evocava muito sangue derramado, muitas tragédias reais, muitos sofrimentos intensos vividos. Às pressas, corrigiu-se:

— Eu quis dizer "se contorcer de rir". Eles vão todos se contorcer de tanto rir, você vai ver!

Omar-Jo voltou, dia após dia. Era a época das férias, ele dispunha de muita liberdade.

— Nós vamos colocar anúncios em volta da Praça. Vou fazê-los eu mesmo, com os meus três nomes.

As palavras do menino rapidamente ganharam corpo, ele sempre encontrava um meio de colocar em prática suas ideias. Conduzido pela correnteza, Maxime se deixava levar. Eles concordavam em alguns pontos: decidiram prolongar as horas de abertura e comprar lampiões para compor uma coroa cintilante ao redor da cúpula.

As prendas — pirulitos e guloseimas sortidas — reapareceram. Para guiar as crianças aos seus lugares, colocá-las sobre as cavalgaduras, prender seus laços, Omar-Jo aparecia entre elas usando diferentes disfarces. Meninas e meninos corriam cada vez mais numerosos; o garoto contava com seu futuro espetáculo para que eles se multiplicassem.

Depois que as crianças partiam, alguns adultos não resistiam ao prazer de dar uma volta na pista. Até Maxime se surpreendeu, numa noite, montado sobre o cavalo baio cereja, enquanto Omar-Jo marcava o compasso dando passos ao redor.

— E sua família? Você me disse que tinha uma família aqui.
— São primos. Rosie e Antoine. Eles têm uma lavanderia.
— O que eles acham disso tudo?
— Eles deixam eu fazer o que eu quiser. Estou de férias.
— Eu quero que tudo fique em ordem, não quero ter problemas.
— Vou pedir pra eles virem falar com você.

Atormentada com sua vida de casal que não seguia o caminho previsto — a ruptura com Claudette parecia improvável —, Rosie decidira mudar sua aparência, avivar seu poder de sedução apagado. Ela sacrificou seu coque, tingiu os brancos fios de cabelo. Redescobriu suas pernas bem torneadas sob saias mais curtas, seus seios petulantes sob blusas mais justas. Em pouco tempo, ela conseguiu chamar a atenção de um jovem livreiro que levava sua roupa para lavar por quilo todas as terças-feiras.

Absorvidos pelos problemas de seu comércio, Antoine e Rosie ficaram aliviados ao saber que aquele infeliz garoto traumatizado pela guerra tinha achado um emprego divertido que se tornaria, talvez, lucrativo. Omar-Jo tinha-os convencido de que, após o período de aprendizagem, o homem do Carrossel o retribuiria. Durante o ano escolar, ele continuaria a dedicar algumas horas por semana ao Carrossel, assim como aos domingos e feriados.

Numa tarde, os primos decidiram ir até o local e conhecer o homem.

Eles se cumprimentaram reciprocamente:

— Mas é muito esperto esse priminho de vocês!

— Nossa, como é bonito seu Carrossel!

Maxime os achou sensatos, corretos. Tentando, de sua parte, tranquilizá-los, prometeu assegurar ao garoto sua alimentação durante as horas em que ele estivesse presente.

Eles se separaram nos melhores termos.

Toda noite, Omar-Jo e Maxime iam em direções opostas para os seus respectivos domicílios.

Algumas vezes, quando a noite se prolongava, o menino tinha a permissão de dormir na casa do empresário. Maxime tinha transformado numa cama o sofá do segundo quarto.

Todo ano, no mês de agosto, Antoine e Rosie iam ao chalé que tinham nos arredores de Port-Miou.

Ele se entregava aos prazeres da pesca. Ela caía na água com pressa; logo entrava para se ocupar da limpeza, da cozinha: escamar, acomodar até à náusea, os peixes diariamente levados pelo marido.

O menino tinha pedido para ficar em Paris.

— Há muitos projetos para o Carrossel. Maxime precisa de mim, não posso ir.

Rosie aquiesceu imediatamente. O afastamento de Claudette, os inúmeros tête-à-tête que ela teria com Antoine seriam, pensava, propícios a uma aproximação.

Nada disso aconteceu.

Sempre evitando o cerne da questão, eles evocavam a infância de ambos, o passado em comum, o pequeno país em transe. Tomando partidos em nada semelhantes, desentendiam-se a todo momento. Vieram, enfim, a falar sobre o pequeno. Seus pontos de vista divergiam; ou melhor, oscilavam:

um sempre defendendo, fosse qual fosse, a posição oposta à do outro.

— A coitada da prima Annette! Teria sido melhor para todo mundo se ela tivesse se casado com alguém de sua própria religião — suspirava Rosie.

— Pra que reclamar! Ninguém pode fazer mais nada.

— Annette fez tudo errado.

— Não atormente a pobre coitada.

— Que ideia ter obrigado Omar a deixar o Egito...

— Essa é nova: é a primeira vez que ouço que ela o obrigou a fazer alguma coisa! Os dois queriam o casamento.

— Qual era a profissão dele? Não lembro mais.

— Motorista. Motorista particular.

— De empregada faz-tudo, Annette passou a ser dama de companhia. Ela podia ter almejado alguém mais bem colocado, mais despachado... Alguém como você, Antoine!

Rosie procurava, às vezes, desesperadamente, bajular seu marido para agradá-lo.

— Graças a você, Antoine, olhe o caminho que fizemos.

Ele lhe retribuiu o cumprimento:

— Também graças a você, Rosie.

— O que faz a força de um casal é o homem — ela insistiu.

— Um casal é um homem e uma mulher — ele replicou.

Ela o fitou, estupefata. Em poucos meses, aquela Claudette tinha conseguido lhe extirpar os preconceitos diante dos quais ela, Rosie, sempre havia se curvado?

— A vida não deixou tempo a Annette e a Omar de provar do que eles eram capazes — continuou Antoine.

— Ela não era feia, Annette; você lembra? Muito magra, talvez...

— Não acho.

— Os cabelos muito lisos, o nariz um pouco comprido, a pele muito pálida. Ah, e ela era tímida. Muito tímida.

— Ela era muito doce. Esse era seu charme.

— Ah, você acha? É verdade que o primo Robert, aquele que fez fortuna no Brasil, teria se casado com ela de bom grado. Ela o achava velho demais, rico demais. Imagina: "rico demais"!

— Eu gosto de Omar-Jo — cortou Antoine. — Ele é vivo, engenhoso. Poderia ter prestado vários serviços pra gente. Agora é muito tarde, ele embarcou nesse Carrossel.

— Talvez não seja tão tarde.

Após alguns minutos de reflexão, ela retomou:

— Nesse inverno vamos levá-lo com a gente para a missa de domingo? Não sabemos nem mesmo qual religião ele segue. O velho Joseph te falou sobre isso por telefone?

— Vamos perguntar pro menino, ele vai nos dizer. Quanto ao velho Joseph, ele falava com Deus cara a cara; dizia que não precisava de intermediários. Não acredito que tenha mudado.

— Um velho pagão, isso sim. Mas faziam ele ir em todas as cerimônias pra encabeçar os cortejos.

Iletrado, assinando apenas com o polegar maculado de tinta, o velho Joseph era o melhor contador de histórias da região. Durante os serões de inverno, a vizinhança se reunia ao seu redor. No decurso das longas noites de verão, outros aldeões atravessavam as colinas para escutá-lo.

Ele se destacava também no canto, na dança. Para os batismos, os casamentos, os enterros, sempre recorriam a ele. Totalmente vestido de branco ou de preto, de acordo com as circunstâncias, era ele quem precedia e conduzia o cortejo.

Tinha os ombros largos e ostentava com tanta altivez seu um metro e setenta e quatro que aparentava ter dez a mais. O nariz levemente adunco, os lábios carnudos, os olhos cinzentos — às vezes sisudos, às vezes risonhos — conferiam à sua feição nobreza e generosidade.

Dependendo das festas ou dos lutos, ele aprumava, colando-as, as duas pontas de seu espesso bigode, ou então as deixava recair de um lado, do outro da boca. A cabeleira preta e ondulada, reduzida a fios grisalhos com a idade, cobria-lhe a nuca.

A voz do velho Joseph era sonora; seu aperto de mão aquecia. Ele não temia nem o frio, nem o calor; nem o seco, nem o úmido; nem neves, nem sóis; e usava, em todos os climas, camisetas sem colarinho que deixavam à mostra o pescoço forte, o decote entreaberto que expunha aos olhares seu peito peludo. Nele, com o indicador curvado, batia como em uma parede:

— Concreto! É concreto tudo isso. Mas aqui dentro, o pássaro canta e bate asas!

Encabeçando os cortejos, Joseph remexia, com meneios circulares, um grande sabre curvo com o pomo de prata. Era seu bem mais precioso.

Ele usava uma calça solta, apertada ao redor dos tornozelos. Alçando-se sobre um pé, piruetava em um sentido, depois no outro; rodopiava como um pião antes da pausa final, que o permitia retomar o meneio paulatinamente.

Após esse preâmbulo, seu canto se elevava. Um canto composto por rezas rituais mescladas a palavras improvisadas. Sua voz calorosa, poderosa, aliviava os corações, remediava as angústias.

"Se você fosse menos libidinoso e menos descrente...", resmungava o cura dotado, como boa parte de padres montanheses, de uma mulher e de uma batelada de filhos, "eu lhe teria confiado a missão de chamar os fiéis aos ofícios lá do campanário". Um costume que ele apreciava muito entre os adeptos da outra crença. "Mas eu te conheço, Joseph, você é capaz de inventar palavras suas... E aí, onde chegaríamos?".

Viúvo de uma mulher que ele havia ternamente estimado, Joseph tinha criado, sozinho, Annette, sua única filha. À morte de sua mulher Adèle, ele tinha cinquenta anos; suas ânsias sexuais estavam longe de ter fim.

A cada duas semanas, confiava sua filhinha a vizinhos e sumia. Ele devia, dizia, ir à cidade para finalizar negócios inadiáveis. Fingiam acreditar! Era publicamente notório que ele diferia de seus compatriotas por uma singular inaptidão para o comércio. Fosse para uma transação de um terreno herdado, fosse para uma venda de produtos de seu jardim, seus negócios se revelaram sempre desastrosos. "Não gosto muito do dinheiro", alegava como desculpa.

Vivendo com pouco, ele considerava a riqueza e o desejo que ela despertava em alguns como freios à liberdade; ou pelo menos ao sentimento que ele tinha por essa liberdade.

Na cidade, hospedando-se indiscriminadamente na casa de uma ou de outra, ele visitava gratuitamente as prostitutas, oferecendo-lhes pequenos serviços, alegrando suas noites com dança, cantos e declamações. Elas o recebiam sempre de braços abertos.

Boa parte delas vinha da Europa Central ou dos Países Bálticos; a loirice era especialmente apreciada. Outras chegavam da América Latina, da França, da Espanha, da Itália... Joseph as questionava, visitava a terra ao escutá-las.

O mundo lhe parecia vasto, prodigioso, híbrido, abundante! De todos os lados surgiam amores e violências, fidelidades e traições, injustiças e liberdade. Mesmos sonhos, mesmos desesperos, mesmos renascimentos. E em todo lugar, a mesma morte! Uma tenaz solidariedade deveria ter unido, segundo ele, dada essa imagem evidente, essencial, da morte, todos os humanos.

— Não preciso deixar meu cantinho, eu embarco em seus corpos, minhas belas! Nas suas palavras, eu percorro o mundo todo.

A verdadeira viagem, ele a desejava a outros; e mais tarde, ao menino de sua única menina.

Desde a morte de Adèle, ele evitava encontrar Nawal, uma prostituta que fora a esposa de um vizinho, um mascate. Noutros tempos ele a havia amado, desejado loucamente; sua silente esposa tinha, decerto, sofrido.

Joseph apagava a lembrança dessa culpa redobrando cuidados e carinhos à pequena Annette, a filha de Adèle.

Ela teve uma infância feliz. Mais tarde, Joseph

aprovaria seu casamento com Omar, o jovem de outra religião que ele adotou assim que o viu. Conseguiu convencer todo o vilarejo, que acolheu o jovem casal e lamentou, logo depois, sua partida à capital, pouco tempo após o nascimento do pequeno Omar-Jo.

O menino veio ao mundo enquanto estouravam as primeiras hostilidades. Apesar da comoção, a população se persuadiu de que se tratava apenas de abalos passageiros. Entre irmãos, as piores batalhas não podiam se eternizar.

As batalhas se eternizaram.... Frequentemente aderidas, alimentadas, fortalecidas por países estrangeiros. Mais de dez anos se passaram.

Escutando o rádio transistorizado que ele deixava pendurado em torno do pescoço durante as horas de jardinagem, o velho Joseph, que completara oitenta anos, tomou conhecimento, em pleno meio-dia, que um carro-bomba tinha acabado de explodir no bairro onde morava Annette.

Ele tentou sair de sua colina e descer o mais rápido possível para a capital. Esbaforido, consternado, bateu nas portas dos vizinhos que tinham carro. A maioria não estava, outros hesitavam diante desse mergulho ao inferno.

— Por que imaginar o pior? Já faz anos todo esse transtorno, essa pulverização por todos os lados. Nada aconteceu com sua família. Nada vai acontecer com eles.

— Eu quero ter certeza disso.

Perto dali o jovem Édouard consertava sua motocicleta.

— Eu te levo aonde você quiser.

Ele subiu na máquina, calcou diversas vezes o pedal, girou os guidões, fez roncar os motores, enquanto o velho se acomodava no banco de trás.

— Vai, à toda velocidade! Vou te mostrar os atalhos.

Ele conhecia de cor sua montanha, do esplendor de seus picos às menores escarpas. O tubo de escapamento fazia tanto barulho que o velho avizinhou seus lábios à têmpora do rapaz para lhe soprar as direções corretas ao ouvido. Os caminhos eram mal asfaltados, acidentados; eles esperavam que a máquina — de segunda mão, bem gasta — aguentasse. Esperavam, também, escapar dos diversos grupos armados, aqueles que integravam todos os lados ou nenhum lado, que paravam os veículos para controles ou pedidos de resgate.

Ao chegar ao local da catástrofe, só puderam se aproximar a pé.

As autoridades tinham acabado de isolar o carro que explodira. Ao redor, em uma espaçosa superfície, uma corda ligava estacas vermelhas velozmente fixadas ao chão. A deflagração ocorrera exatamente aos pés do prédio de suas crias; Joseph sentiu os joelhos fraquejarem, o coração sair pela boca.

Ele forçou a passagem entre a polícia e a estrepitosa multidão. Deslizou, seguido por Édouard, sob a corda de proteção.

De repente, diante da monstruosa carcaça, ele foi tomado por uma brusca pulsão de recusa e decidiu subir até o apartamento, convencido de lá encontrar Omar, Annette e Omar-Jo.

Sua força voltou como um trovão. Brotando de seus calcanhares, ele endireitou as pernas, içou, ergueu o velho corpo, lançando-o à investida às centenas de degraus. Sempre com o rapaz no encalço, ele alcançou rapidamente ao quinto andar.

A porta da residência estava entreaberta.

Chamou. No interior, tudo revistou. Não demorou muito. Não encontrou ninguém.

Na sala, quase escorregou sobre os lápis de cor espalhados nos ladrilhos e, por pouco, não se refastelou.

Saiu na varanda. Ninguém ali também.

Ofegante, ele desceu para se unir à multidão que corria ao redor do automóvel devastado.

Cegado pelas cortinas de poeira amarelada, Joseph caminhava com os braços estendidos para a frente, furtando-se dos obstáculos. Agarrando-se ao braço de um paramédico, solicitou o nome das vítimas e a lista dos hospitais. Não obteve nenhuma resposta.

— Eu conheço os hospitais, vamos em todos eles juntos — propôs Édouard. — Se eles estiverem feridos, vamos cuidar deles!

O velho tentava se persuadir de que sua amada família estava fora do bairro no momento da deflagração. No entanto, lá em cima, aquela porta entreaberta o atormentava, minava sua convicção. Ele seguiu adiante, os olhos ao chão, buscando quase contra sua própria vontade uma pista dos três, desejando nunca encontrá-la.

Ele a encontrou.

Primeiro, um trapo do vestido de florzinhas alaranjadas. Em seguida, o singular anel de Omar, com o escaravelho de cor areia.

Juntando um ao outro, ele teve, daquela vez, certeza de que eles não estavam mais ali.

— O que você achou? — perguntou o rapaz.

Ele se limitou a dizer: "Estão mortos", como se essas palavras, ao serem pronunciadas, condenassem-nos irremediavelmente; destruíssem uma última ilusão à qual, apesar da evidência, Joseph ainda se agarrava.

Com gestos de autômato, ele continuou sua busca. Munido com um bastão, afastou os escombros, vasculhou as fissuras.

Quinze minutos depois, ele encontrou, à beira de uma fossa, uma das sandálias de Omar-Jo.

Ele a teria reconhecido entre mil! Foi ele quem trocou a tira desgastada por aquela nova tira, mais espessa e grosseiramente costurada.

Mais distante dali, a alguns passos do engenho mortal — o automóvel destruído parecia uma hidra pronta a renascer, a saltar, a devastar tudo —, o velho foi, de novo, confrontado ao horror.

Emergindo de um pedaço de camiseta azulada, que ele mesmo lhe tinha dado, ele acabara de reconhecer o braço de seu neto.

O bastão caiu-lhe das mãos. Sua vigorosa estrutura desequilibrou-se, dissolveu-se; até se parecer com um montinho de terra. Chumbo fervente espargia de suas entranhas.

Édouard se aproximou com precaução. Pressentindo a catástrofe, não ousou dizer nada. Tentando assinalar ao velho sua presença atenciosa junto dele, tocou seu ombro. Em seguida o rapaz se inclinou, abraçou Joseph entre suas omoplatas:

— Estou aqui, não vou te deixar.

Depois, esperou.

Após uma longa imobilidade, Joseph se moveu novamente.

Uma cólera sombria o galvanizou. Seus pés martelaram o chão, uma tempestade incendiou suas feições.

No mesmo momento, ele escalou o montículo mais próximo, formado por entulhos e escombros.

Plantado no alto do outeiro, dirigiu seus dois braços ao céu. Um céu azul pervinca. As irrupções de uma sucessão de incêndios, a ascensão das cinzas, tentavam, em vão, descorar a celestial claridade.

Durante alguns instantes, ele amaldiçoou aquele céu. Aquele céu inabalável, calado em seus segredos!

— Não vou cantar nunca mais! Não vou dançar nunca mais! Por que, pra quem essas celebrações, essas cerimônias! Nunca mais! — gritou.

Ele se dirigia a alguém? Ao tal Deus com o qual ele não se importava, que lhe impunha inesperadamente sua presença por meio desse desastre, dessas questões, de suas próprias imprecações? Seu irmão Jó — aquele da Bíblia de sua infância — voltou-lhe à memória, com suas palavras provocantes e rebeldes. No final, será que se tranquilizaria como ele? Reconciliar-se-ia, mais tarde, com esse Deus indômito, esse Deus que se transformou em cordeiro?

Naquele instante, ele fulminava, voltando sua fúria contra os homens. Daquela cidade, das terras vizinhas, de todo o universo.

— Criminosos! Fratricidas! Carrascos de inocentes! Vocês nunca vão parar de matar, de se odiar entre vocês! Aonde tudo isso vai nos levar? Um pouco mais rápido pra vala. Pra mesma enorme vala!

Sobrepairando o circo caótico de pedras, de ferragens, de ossos, de carne, de sangue, a imponente silhueta do velhote, fixada em seu outeiro, irradiava no horizonte.

Cercada de cortinas de areia amarelada, sua forma, carnal e fantasmagórica, aparecia, desaparecia, aos olhos da multidão.

Controlando as lágrimas que o teriam novamente vergado, tremendo e soluçando Joseph se alçava sobre as pontas dos pés, esticava seus músculos, contraía-os até sentir dor.

Dois braços rodearam seus quadris. Alguém tentou puxá-lo, fazê-lo descer de seu montículo. Um grito de mulher trespassou o alarido:

— Seu neto está vivo! Eu vi os paramédicos levarem Omar-Jo.

Joseph enrijeceu, libertou-se bruscamente daquela dominação. Reconhecera a voz de Nawal.

— Chega de mentiras! Você mente sempre! Saia daqui! Fique longe!

Redobrando os esforços, ela conseguiu tirá-lo de seu outeiro. Levando-o a ela, Nawal o atirou contra seu peito, depois o embalou como a uma criança.

— Acredite em mim, eu vi Omar-Jo sair com suas próprias pernas. Com meus próprios olhos, eu vi o menino!

O MENINO MÚLTIPLO

Era verdade. Ela havia reconhecido o menino daquela menina; o menino daquela Annette, que poderia ter sido a sua. Debruçada em sua janela, um pouco depois da grande detonação, ela vira o garoto se debater, apesar do ombro que sangrava, para escapar dos paramédicos. Ele teimava em ficar no local para encontrar sua mãe e seu pai.

Os ouvidos de Nawal retumbavam ainda os dois nomes que ele gritava com uma voz dilacerante, contínua.

Era muito tarde para Omar-Jo. Seus pais haviam saltado ao mesmo tempo que o engenho fatal.

Deflagrações, estilhaços de metal posteriormente irrompidos machucaram gravemente outros habitantes do bairro. E lhe arrancaram o braço esquerdo.

Nawal tinha visto tudo; podia testemunhar cada momento daquela cena. Ela afirmava que o menino, que perdia sangue abundantemente, acabara por ceder aos paramédicos e se deixar levar.

— Você precisa acreditar em mim: Omar-Jo está vivo!

Aquele sensual odor de incensos e jasmim, a cor daquela voz incandescente, o sopro queimando contra a nuca, a proximidade daquele corpo familiar, anularam por alguns segundos o local e o tempo da desgraça; reanimaram por alguns segundos — apesar de tantos anos volvidos — um desejo, uma febre estranha. O velho fechou as pálpebras, uma sensação de volúpia lhe percorreu a espinha.

Mas se indignando contra si mesmo, logo se recompôs:

— Mentirosa! Pare de mentir!

Ela o soltou de seu abraço, lançou-lhe um olhar antes de lhe virar as costas e de se afastar coxeando.

— Velho louco! — ela praguejou com ternura. — Você nunca vai mudar.

Ele a acompanhou com o olhar enquanto ela se dissipava, ressurgia, desaparecia, mancando, em meio a véus de poeira.

Sob a magreza, a cabeleira eriçada e esbranquiçada, o passo vacilante, era ainda a mesma Nawal que ele tão fogosamente possuíra.

— Você sempre mentiu — ele se ouviu repetir, invadido pelo afluxo das lembranças.

Joseph, que odiava a mentira, começou a mentir. Mentir para Elias, o mascate, seu melhor amigo, de quem Nawal era esposa. Mentir para Adèle, sua mulher, em breve grávida de Annette.

Eles se amaram: em todo lugar, a toda hora. Ao pé da fonte, sob a oliveira, entre os pinheiros, no terraço de lajes tórridas, no leito matrimonial. Nawal se desdobrava para advertir Joseph, que morava no vilarejo vizinho, assim que Elias partia em viagem.

O tempo lhes era contado; ela corria, nua, sob o vestido. A sede de se juntar os torturava. Eles se uniam e se agarravam em júbilo extremo; embriagavam-se de carícias e beijos.

— Me cure de você, Nawal! — ela retomava:
— Me cure de você!

Adèle não se pronunciava. Pressentiria ela aquela relação? Ele não procurava saber. Evitava o olhar de sua esposa e escapava da presença de seu amigo.

Por várias vezes eles tentaram se separar. Mas a conexão que tinham, tão intensa, no prazer como na dor, era impossível de findar.

Adèle encontrou a morte ao dar a vida a Annette.
Devorado por remorsos, Joseph conseguiu romper com Nawal. De sua parte a jovem, em respeito à lembrança da falecida, desapareceu.
Ela deixou o vilarejo, para não mais voltar. As buscas de Elias, seu esposo, foram em vão. Ele se resignou diante dessa perda; e morreu, no mesmo ano, atropelado por um caminhão em uma de suas caminhadas.
Numa das noites nas quais Joseph se refugiava entre as prostitutas, ele subiu em um quarto com uma delas.
A porta, bruscamente, se abriu; as luzes se apagaram. Uma mulher entrou. De comum acordo, ela substituiu a primeira.
O ato de amor teve, de repente, outro sabor.
Assim que ele sentiu Nawal, ela sumiu. Daquela vez, para sempre.

Mais tarde, Joseph descobriria que Nawal teve uma criança de um marinheiro cujo navio ficara um mês no cais. Ela havia mudado de vida após o parto.

Muitos anos depois, ajudou seu filho a se estabelecer; ela proveu o financiamento, contribuiu para a organização de sua loja de tintas. Ela também se ocupava das entregas, conduzindo ela mesma o caminhão em diversas partes do país.

Desde a morte de Adèle, Joseph se consagrava à sua filha. Annette herdara a paciência e a candura da mãe; ele tentava protegê-la de todos os perigos, principalmente dos homens de sua espécie, cujo sangue muito quente, de natureza muito impetuosa, poderiam fazê-la sofrer.
Assim que Annette lhe apresentou Omar, o velho assentiu. Em um piscar de olhos, julgou o jovem rapaz. Era robusto e doce; alegre e tranquilo. Faria sua filha feliz — Joseph tinha certeza.

Joseph encontrou seu neto no hospital. Ele deveria esperar várias semanas antes de poder levá-lo para sua casa.

Na mesma noite do acidente — tentando salvar os restos de Omar e Annette da vala comum — o velho, acompanhado por Édouard, voltara ao local da catástrofe.

Em meio à confusão geral, ele escapou da vigilância, atravessou a multidão.

Dentro de uma caixa de ferramentas vazia, que seu jovem companheiro segurava pela alça dupla, Joseph amontoou tudo o que aos seus pertencia: pedaços de tecido do vestido de florzinhas alaranjadas, trapos da camisa quadriculada bege, da calça jeans; uma parte do cesto de sua filha, um dos bolsinhos da carteira de seu genro... A esses fragmentos, aglutinavam-se farrapos de carne.

Mais tarde, ainda auxiliado por Édouard, o velho foi ao cemitério de sua comunidade.

O MENINO MÚLTIPLO

Asma, a guardiã das sepulturas, uma mulher errática e imperiosa, espavoria, como de rotina, as aleias do cemitério à procura de seu esposo.

Ele, dizia ela, empanturrava-se de comida em detrimento de suas oito crias. Em seguida, para digerir e dormir em paz pelo resto do dia, abrigava-se em um jazigo exímio. Espaçosos, dotados de uma capela funerária, mais frescos no verão, mais tépidos no inverno, esses túmulos-mausoléus possuíam mil e uma vantagens. Eles lhe permitiam, também, escapulir dos gritos de sua esposa e das incumbências que ela pretendia lhe impor.

Para que Asma perdesse seus rastos, ele mudava sempre de jazigo. Renunciando a incursões intempestivas e vãs, ela se contentava, normalmente, em trovejar pelo cemitério, convocando em seu acalanto os anjos, os santos, os findos de um certo nível; e seu bando de filhos que ensaiava, também, dela debandar.

— Esse pai preguiçoso, depravado, come todo o vosso pão, meus pequenos azarentos!... E vós, ó respeitáveis mortos, ele os torna cúmplices de vossas diabruras! — dizia em seu tom sempre teatral.

Édouard e o velho Joseph viram a guardiã ao longe. Como de costume, ela fulminava. Sua cabeleira arruivada, eriçada, e seu rosto, ambos beligerantes, destacavam a vaga de vastos vestidos pretos que desciam até seus tornozelos.

Dependendo da religião, e mesmo segundo os rituais — esse pequeno país tinha uns quinze, diferindo em algumas poucas nuanças —, os cemitérios permaneciam rigorosamente separados.

Determinado a não iniciar uma conversa com Asma, que, religiosa até a raiz dos cabelos, poderia se sentir ofendida com qualquer aliança de doutrinas ou liturgias, o velho Joseph tinha decidido — como se lhes tivesse prometido — não separar na morte esses dois seres tão perfeitamente unidos em vida.

Ele ofereceu uma soma considerável à guardiã antes de lhe fazer seu pedido. Incapaz de resistir ao ver o dinheiro, ela o enfiou em seu bolso de fundo duplo, confeccionado às escondidas do malandro de seu esposo.

O velho lhe mostrou em seguida a caixa que Édouard carregava e solicitou um singelo recinto aos seus. Ele havia visto um local, na parte de baixo do muro demarcador, parcialmente demolido, que dava para o campo; e, ao longe, para o mar.

— Quem são? — perguntou a guardiã.
— A explosão do carro-bomba... Mortos na hora. Minha filha, seu marido.
— É tudo o que resta desses filhos de Deus?
— Sim, é o que resta.
— Vosso genro seguia o mesmo rito que vós?
— Ela perguntou deliberadamente, sem nunca suspeitar que ele tinha outra crença.

— Um filho de Deus — murmurou o velho. Isso lhe bastou.

— Eis o que fazemos nesse país de todos os filhos de Deus! — ela lamentou, tateando, entretanto, com satisfação, o dinheiro embolsado.

Com a ajuda de Édouard, Joseph enterrou a caixa.

Reproduzindo uma coroa, ele enrolou em torno de uma estaca uma faixa de tecido de florzinhas alaranjadas e a cravou no solo.

Em um túmulo destruído, ele encontrou um naco de mármore branco, que levou para colocar sobre a porção de terra. Com seu canivete de múltiplas lâminas gravou nele, pacientemente, as duas iniciais, "A" e "O", entrelaçadas.

Assim que Omar-Jo estivesse curado, ele lhe indicaria o local do túmulo.

Mais tarde, ele resvalaria no dedo de seu neto o anel de Omar com o escaravelho sagrado.

— Que bufão! — exclamou Maxime enquanto gargalhava.

Fazia duas semanas, Omar-Jo fabulizava, dia a dia, uma nova indumentária. Daquela vez foram as asas; desabrochavam demasiadas. Asas de papel, de pano, de plástico, repletas de pinturas pomposas, representando rostos burlescos pairando, como nenúfares, em meio a fulgurantes geometrias. Sobre seu nariz gigante e vermelho, empoleirava-se uma voluminosa vespa. Bemóis revolvidos substituíam suas sobrancelhas.

Ele ganhara de Antoine e Rosie uma harmônica barata da qual tirava abundantes vibrações; adicionava às vezes um tremolo travesso, ou mesmo uma nota estridente, que atraía todos os olhares para o garoto.

Alertado pelo boca a boca e por cartazes colados no entorno da Praça, o público começou a dar as caras.

— Já estou vendo você vindo — murmurou Maxime. — Daqui a pouco vai pedir um salário.

— É só me dar, de quando em quando, uma volta na carruagem, continuar a me alimentar e eu te dou todo o resto de graça. "De graça", como eu já disse!

— Então vamos lá, "de graça".

A aventura dera uma injeção de ânimo em Maxime. Ele esfregava as mãos ao ver avultar a fila de meninos e meninas, alvoroçados para adentrar no Carrossel. Alguns adultos se lamentavam por terem se libertado, tão cedo, de seus corpos de criança; corpos livres, corpos leves que voluteavam em meio à música sobre cavalos sonhados!

À noite, quando Maxime e o garoto cobriam juntos as resplandecentes figuras com a lona escura, eles provavam a mesma tristeza, o mesmo sentimento de uma inevitável separação.

— Precisamos pensar em fazer turnos noturnos, sugeriu o menino.

— Noturnos? Até onde você vai me levar?

Omar-Jo já tinha feito com que o dono do Carrossel retomasse o jogo de argolas, seguido da distribuição dos pirulitos. Ele adicionava, às vezes, uma fotografia instantânea de seu rosto caracterizado de diferentes formas; ou mesmo de seu coto metamorfoseado em fonte, de onde jorravam flores artificiais ou fitas multicoloridas.

Bastava semear certas palavras para que a safra aumentasse. Essa palavra, "noturnos", ficaria na cabeça de Maxime — o menino tinha certeza. Só era preciso esperar: Omar-Jo sabia aguardar.

Antes de partir, Rosie se preocupara mais uma vez com seu pequeno sobrinho que eles deixariam com o dono do Carrossel. Ele lhes havia dado, contudo, uma boa impressão. Antoine a tranquilizou totalmente. O menino se adaptaria ainda mais rápido dessa maneira: tudo em seu temperamento parecia empurrá-lo na direção dos outros.

— Você acha que ele vai comer bem? — ela se preocupava.

A comida sendo um dos laços mais sólidos que um grande número de emigrados mantinha com um passado ancestral, Rosie se perguntava se, durante a ausência deles, os pratos de seu país não fariam falta ao menino. Omar-Jo, a quem ela fizera a pergunta, admirou-se: ele gostava daqueles pratos, mais do que de outros; mas sua natureza aventureira não o fazia ter nostalgia. Apenas lhe faltavam, por vezes de maneira tortuosa, os seres que amava.

— Eu tenho uma ideia, propôs Rosie. — Vou cozinhar, especialmente pro senhor Maxime, um prato nosso. Você vai levá-lo pra ele em meu nome. Aí vocês vão poder dividi-lo.

— Não sei se ele vai gostar.

— Nossa cozinha agrada sempre — ela afirmou.

Ela fez um bolo de carne misturada com trigo moído, que ela recheou com carne bovina moída, cebolas fritas, pinhões; e como acompanhamento um purê de grão de bico regado a azeite de oliva.

— Você vai ver, ele vai gostar.

Omar-Jo duvidava.

Precedido por um acentuado odor de comida, ele apareceu diante do patrão, segurando em seu único braço a travessa coberta com papel-alumínio.

— O que você está escondendo aí embaixo?

— Um prato nosso. É pra você, da parte da prima.

Com a ponta dos dedos, Maxime levantou o papel-alumínio.

— Isso está banhado em óleo e em gordura! Catastrófico pras minhas artérias. Tire isso daqui!

Esperando essa reação, o menino, sem pronunciar uma palavra, deu meia volta. No caminho, ele se perguntou como devolveria o prato a Rosie sem ofendê-la muito.

Foi quando ele pensou na mendiga com quem cruzava todas as manhãs em seu percurso.

Ela ficava sentada, apoiada, na esquina das lojas de departamento. Com a cabeça coberta, independentemente da estação, com três gorros de lã de cores diferentes colocados um dentro do outro, calçada com botas curtas de borracha esverdeada, ela se rodeava — como se de um cerco protetor — de meia dúzia de sacos plásticos azuis, enchidos até a borda. Com as coisas que ela continuava a acumular, a cada alvorecer, das lixeiras dos arredores, ela aumentava, dia a dia, seus miseráveis bens. Não se sabia se ela possuía domicílio fixo. Ela fazia parte do cenário; ninguém pensava em desalojá-la.

Omar-Jo sentia fascinação por aquela personagem de aspecto teatral, e uma pena extrema daquele rosto, ainda jovem, mas terrivelmente vultuoso, daqueles lábios inchados e roxos, do pescoço sujo, dos dedos achatados emergindo de imundas luvas sem pontas, que os deixavam à mostra. Ela deveria ter passado por muitas desgraças para chegar àquele ponto. E a desgraça ele conhecia...

De sua parte, a mendiga se sentia atraída pelo garoto maneta, com a bochecha furada. De qual horrível acidente ele teria escapado? A simpatia recíproca se satisfazia com essa conivência, com essa silenciosa cumplicidade. Nem um nem outro nunca se fizeram perguntas.

Toda manhã, ao passar, o menino a cumprimentava:

— Bom dia, dona!

Ela respondia em tom brincalhão:

— Bom dia, dono!

O MENINO MÚLTIPLO

Assim que Omar-Jo lhe apresentou o prato, a mendiga aplaudiu com as duas mãos. Imediatamente, ela tirou de um de seus sacos uma bacia usada e lhe pediu que colocasse os alimentos ali.

— Está com um cheiro pra lá de bom, vou me refestelar!

Ela raspou o fundo do prato com miolo de pão. Omar-Jo ficou feliz, aliviado. À noite, ao voltar, ele poderia contar para Rosie que Maxime tinha gostado tanto de sua comida que nada havia sobrado. "Olha, nem uma única migalha!", ele reiteraria.

Antes de ir embora, ele sussurrou algumas palavras ao pé do ouvido da mendiga:

— Um dia, vamos te convidar pro Carrossel.

— Eu vou — ela respondeu, alegre.

Ele a imaginava, nítida, bruxa ou fada, surgindo da carruagem, para dançar e cantar na plataforma rotatória.

Omar-Jo chegou ao Carrossel na hora da pausa do meio-dia. Colado no vidro da cabine, viu um aviso de Maxime pedindo que o procurasse em um bistrô perto dali.

Ele encontrou o patrão sentado à mesa diante de uma garrafa de beaujolais, iniciando um copioso prato de andouillettes e batatas fritas.

— Vem comer, garoto!

— E suas artérias? — ele perguntou rindo. — Agora você não está pensando nelas!

Equilibrado sobre um dos cavalos cinzelados, ou cabriolando para fora do coche feito um bufo de sua caixa, Omar-Jo acompanhava de formas variadas a cavalgada da criançada. Ele ia e vinha, dançava e discursava, dirigindo-se constantemente aos espectadores.

Meninas e meninos acorriam cada vez mais numerosos. Enfeitiçados pelo espetáculo, os pais despendiam sem se queixar.

Os negócios continuavam a prosperar. Maxime comprou os últimos discos em voga; acendia os lampiões cada vez mais cedo.

O empresário declinava de novo os convites dominicais da família. Ficaram decepcionados ao saber que ele não se desfaria mais do Carrossel. Ao invés disso, retomara o gosto e lhe consagrava a maior parte de seu tempo.

— Como você vai se virar? Você mesmo nos dizia...

— No momento, estou me virando. Estou me virando até bem demais.

Não se entendia mais nada. Sua voz estava jovial, jocosa. Estaria ele sob o efeito da bebida? Isso por viver sozinho!... Eles pensaram em enviar para a capital, para sondar, um de seus parentes que poderia convencê-lo a repensar.

Conversaram entre eles, sem chegar a um acordo.

Quando sentia seu público com ele, aplaudindo e rindo de suas bizarrias, Omar-Jo de súbito mexia no repertório.

Antes, calava a cadência; suas brincadeiras se despedaçavam contra uma parede invisível. Em seguida, deixava um silêncio opaco planar sobre os espectadores.

Em um único gesto, arrancava então as faixas ou as folhagens que dissimulavam seu coto. Depois, apresentava-o ao público, em toda sua crueldade.

Ele desvendava seu nariz de verdade. Limpando-se com um pedaço da camisa, desenlambuzava-se da maquiagem. Seu rosto aparecia — palidez suprema; afundados em suas órbitas, seus olhos eram de um preto infinito.

Ele também se desfazia de suas fantasias, que se apinhavam aos seus pés. Pisoteava-as antes de subir sobre o que delas restara, ora um montículo, de onde voltava a falar.

Foram outras palavras.

O MENINO MÚLTIPLO

Elas subiram das profundezas, extirpando Omar-Jo da ambiência que ele mesmo criara. Esquecendo-se de seus malabarismos, ele deixou sair aquela voz de dentro. Voz azeda, voz nua que, naquele momento, recobria todas as outras vozes.

O menino múltiplo não estava mais lá para divertir. Ele também estava lá para evocar outras imagens. Todas as dolorosas imagens que povoam o mundo.

Levado por sua voz, Omar-Jo evocara sua cidade recentemente deixada. Ela se insinuara em seus músculos, infiltrara-se em seus batimentos cardíacos, freara a viagem sanguínea. Ele a vira, a tocara — a cidade longínqua. Ele a comparara a essa, onde se pode, livremente, ir, vir, respirar! Essa, já sua, já ternamente amada.

Nessa cidade as árvores escoltam as avenidas, rodeiam as praças. Alguns robustos edifícios reavivam os séculos desaparecidos, outros prefiguram o futuro. Uma população diversificada flana ou se afoba. Apesar de problemas e preocupações, vive em paz. Em paz!

Naquela, as ilhotas em ruína se multiplicam, árvores desenraizadas apodrecem no fundo de crateras, paredes são crivadas de balas, carros detonam, prédios desmoronam. Em todas as partes daquela cidade esmigalhada, os humanos quase não valem mais nada!

Omar-Jo sai de si, suas palavras ardem. Omar-Jo não joga mais. Contempla o mundo e o que dele já sabe! Seus apelos se amplificam, ele não fala mais apenas pelos seus. Todas as desgraças da terra se rebelam no Carrossel.

Tudo parou. Os cavalos terminaram a volta. O público escuta, petrificado. Maxime, embasbacado, não ousa calar o estranho menino.

Depois dos gritos de angústia, não resta outra saída que a de se reconectar com a vida.

Omar-Jo pega do bolso sua velha harmônica e, reencontrando o sopro, tira dela, mais uma vez, sons melódicos e vívidos.

Lentamente, o Carrossel volta a girar.

Sem saber direito se acabara de mergulhar na mais cruel das realidades ou se havia assistido apenas a uma intervenção, a multidão aplaudiu.

— Na sua idade, de onde você tira essas coisas? — perguntou Maxime mais tarde.

— Um dia te conto.

— Você fala às vezes como um menino, às vezes como um homem. Quando você é você mesmo, Omar-Jo?

— Em todas essas vezes.

O empresário estava bem decidido a questionar o menino sobre o que acontecera. No dia seguinte, perguntou-lhe de novo.

— E seu braço? O que exatamente aconteceu com você?

— Esquece...

— Um acidente?

— Um acidente, se você está falando...

— Eu não estou falando nada. Quero saber, é só isso. Que tipo de acidente?

— A guerra...

— Ainda uma dessas guerras de bárbaros!

— Está cheio de bárbaros no mundo todo! — retrucou o menino.

— Eu não te ataquei.

Por terem um casamento misto, Omar e Annette se interessavam, mais do que outros, à História. Sempre havia livros na casa de Omar-Jo. Desde o princípio da humanidade, a barbárie ensanguentava a Terra; na Europa, pouco tempo fazia, o horror reinava em toda parte.

— Eu realmente não quis te ofender — retomou Maxime. Tudo isso tem a ver, talvez, com religião? Em qual Deus você acredita?

— Só existe um Deus — replicou o menino. — Mesmo se os caminhos não forem parecidos. Meu pai e minha mãe sabiam disso. Eles foram mortos pelas mesmas violências, na mesma explosão. Se eu acredito, é em um só Deus. Mas os homens não querem ver, nem saber. Eles são cegos.

Maxime se perguntava se ele mesmo tinha fé. E se tinha, de qual tipo de credo se tratava? Ele participava, como a maioria das pessoas, das cerimônias religiosas que se tornavam cada vez mais protocolares; além desses momentos, ele nem era praticante.

Esforçando-se para seguir o diálogo com o menino, continuou:

— Você sabia que algumas Cruzadas partiam desta Praça onde estamos para ir lá pros seus lados?

— Eu sei. Aconteciam muitas guerras naqueles tempos também!

— Eles combatiam entre eles, mas às vezes faziam pactos. Consultei uns documentos sobre isso. Saladino sempre estava disposto a enveredar pelos caminhos da paz. Uma vez, um verdadeiro acordo foi estabelecido entre chefes cristãos e muçulmanos. Frederico, o imperador germânico, escreveu pro sultão do Cairo: "Sou seu amigo". Você sabia que Nicolas Flamel mantinha relações próximas com as pessoas do outro lado do Mediterrâneo?

— Eu sei — disse o menino. — É como você e eu.

— Por que não! E talvez — acrescentou o empresário, rindo — descobriremos juntos a pedra filosofal. Aquela que transforma tudo em ouro.

— Vamos transformar tudo em ouro — disse o menino. — Você vai ver!

— E o seu braço, Omar-Jo? Você ainda não me contou como você o perdeu.

Omar-Jo não havia sentido seu braço ser arrancado, nem o impacto do fragmento de metal atravessando sua bochecha.

A morte de Omar e Annette o insensibilizara a qualquer outra dor.

Horas depois, o menino acordou em um leito de hospital. Foi apenas então que ele se lembrou do campo de suplícios, emergindo da profusão de uma poeira amarela e viscosa. Ele reviveu o amontoamento dos blocos de cimento e de sucata, o ventre escancarado do veículo explodido: o emaranhado de pistões, bielas, vidraças, para-lamas e rodas lhe dava a aparência de uma besta monstruosa, ávida por sacrifícios humanos.

Omar-Jo buscou o braço, depois a mão esquerda sob os lençóis. Buscou o braço que alçara, a mão que abrira passagem em meio aos escombros para apanhar um pedaço do tecido de florzinhas alaranjadas...

O MENINO MÚLTIPLO

Mas ele não os encontrou.

Logo após, o velho Joseph levou o neto para sua casa, nas montanhas.

Ao final de um mês — as hostilidades sendo, mais uma vez, interrompidas —, ele confiou ao pequeno que havia enterrado, sob o mesmo pedaço de terra, os restos de seus pais.

Omar-Jo queria ir até lá sozinho, o mais rapidamente possível.

O velho não se opôs. Ele e seu neto eram parecidos: tomada a decisão, ninguém podia dela demovê-los.

O cemitério, situado em um dos subúrbios próximos a uma das áreas de combate, foi bombardeado. Exibia um aspecto desolado.

Cingido por um muro, em parte desmoronado, tinha túmulos rodeados de árvores de Judas anêmicas, arbustos moribundos, umas poucas palmeiras depenadas.

As grades da entrada principal jaziam no chão entre lombadas e buracos. Mais ao longe algumas lajes, acinzentadas e rachadas, tinham sido rapidamente trocadas por uma série de briquetes vacilantes, envoltos por uma camada de cimento preto. Um caminhão basculante carregado de pás, picaretas, limas, com a roda fora do aro, encontrava-se deitado de lado.

Tudo atestava a negligência do guardião do local. Abrigado ao fundo de um mausoléu, ele, como de costume, cochilava tranquilamente.

Omar-Jo continuou na alameda central em meio a uma dezena de mausoléus, dentre os quais alguns dotados de uma capela funerária. A suntuosa aparência, prejudicada no transcorrer de doze anos de guerra por incoerentes bombardeamentos, deveria assegurar a seus ocupantes, no outro mundo, o mesmo prestígio de que beneficiavam aqui embaixo.

O guardião se alegrava com a ausência das famílias dos notáveis, muitas delas no exterior. Ele podia, destarte, servir-se das sepulturas como era de sua vontade.

Assim que Omar-Jo apareceu, um molosso sem coleira saiu de sua casinha, aproximou-se rosnando e exibindo os caninos.

Dissimulando seu medo, o menino continuou o caminho. O animal fez o mesmo.

Eles se encontraram cara a cara. Os rosnados se transformaram em ladrados, que alertaram Asma do outro lado do cemitério.

Ela correu, gritando desesperada. O som de sua voz foi o suficiente; o animal se imobilizou no local, com as quatro patas tensas.

O MENINO MÚLTIPLO

Um tornado logo surgiu ao final da senda: chinelas orientais verdes batiam nos calcanhares da guardiã, vestidos pretos fervilhavam, avolumados de fúria; a cabeça estava coroada por uma juba desgrenhada, avermelhada, tingida de hena. Surpreendido pela aparição repentina, pela cabeleira vibrante que parecia replena de cobrinhas, o menino ficou desnorteado.

Asma se apressou esperando encontrar, ao término de sua corrida, um proprietário arrependido. Doído de remorsos, este, de volta ao seu país, certamente a recompensaria por não ter poupado cuidados aos seus queridos finados.

À visão do menino, ficou pasma e decepcionada.

Ao se aproximar, percebeu a bochecha costurada, a amputação. Ele vinha, sem dúvida, mendigar. Precisava, justo ela, já tão desafortunada, ajudar alguém mais miserável ainda?

— Não tenho patavina. Nem intente rogar esmola.

— Esmola? Não sou um mendigo! Sou o neto de Joseph H. É meu avô quem me envia. Há um mês, ele enterrou meu pai e minha mãe neste cemitério.

Ela se lembrava. Em troca de um pedaço de terra, o velho a havia generosamente remunerado. Imaginando que o garoto tinha sido encarregado pelo velho Joseph de renovar o pagamento, ela cumprimentou o pequeno com um sorriso reluzente.

— Vosso avô é um príncipe. Um verdadeiro príncipe. O descendente do príncipe é bem-vindo!

Ela se curvou, colocou as duas palmas, uma de cada lado das ancas do cachorro, e empurrou o animal para frente, com toda sua força.

— Chispa, idiota! Esse principezinho é como meu filho. Vai deitar, Lótus. Deitado, eu disse.

Com o rabo entre as pernas, o molosso não esperou duas vezes. Dirigiu-se com passos lentos ao seu segundo abrigo, escavado sob a sombra de uma velha lápide. A terra, recentemente remexida, proporcionaria um confortável frescor nas próximas horas que se anunciavam tórridas.

— Vosso avô o encarregou de me conceder alguma gratificação?

— Ele me disse: "Asma vai manter o que prometeu, ela vai te indicar o local".

— Nada mais?

— Nada mais.

Foi, decididamente, o dia dos enganos! Calando seu desapontamento, ela procurou então uma compensação:

— Antes vossa pequena alteza terá de me prestar um serviço.

— O que você quiser — disse o menino.

Querendo imediatamente se justificar ao velho Joseph, a quem o garoto inevitavelmente contaria sobre a visita, ela tomou Omar-Jo por testemunha lançando-se em suas habituais provocações.

— Repetireis ao vosso avô que sou casada com um malandro. Um parasita! Que só pensa em comer, em fazer a sesta. E vai, inclusive, profanar dentro dos túmulos...

Ela parou de supetão; suspirou, fungou antes de retomar:

— Não, isso eu não posso repetir, afinal, sois uma criança! Mas ele, Joseph, ele vai entender. Diga-lhe que tive de não dizer algumas coisas, por causa de vossa pouca idade! Entendeis-me bem? Direis também que esse preguiçoso muda incessantemente de esconderijo para fazer com que eu perca seus vestígios. Ele fez com que os meus próprios filhos fossem cúmplices desse abominável jogo. Há semanas ele nem vem mais dormir à noite conosco. Ainda bem que Lótus está aqui para nos defender, a mim e aos meus pequenos! Nesses tempos ilógicos, os ladrões, os saqueadores, os assassinos estão em tcada esquina. Como eu poderia ficar sem meu Lótus? Ele lhe deu bastante medo, não deu?

Com as mãos em cone diante da boca, a voz estrondosa, Asma começou a chamar a meninada.

— Saïd! Elie! Onde vocês se esconderam, filhos dessa mãe! Estamos abarrotados de trabalho! Marie! Emma! Soad! Vocês possuem corações de pedra, não corações de damas! Naguib! Brahim! Boutros! Onde vocês estão, meus meninos? Assim farão com que eu morra!

Ela ameaçava rasgar o peito, arranhar-se no rosto até sangrar. Gesticulava em todos os sentidos. Erguendo as mangas de atriz trágica, agitava seus vestidos em ondas e redemoinhos.

Ponderando esses excessos com um olhar lúcido e indulgente, considerando o cansaço, a exasperação e os exageros dessa personagem, o menino permaneceu calmo enquanto esperava que ela se recuperasse.

A voz da guardiã serenou.

Os vestidos se amealharam ao seu redor, a cabeleira se achatou. Ela se apoiou sobre o ombro do garoto e murmurou, lamuriosa:

— Eles vão mesmo me levar à morte. Faço tudo, tudo sozinha, sou só uma mulher no final das contas! Direis isso ao vosso avô. Direis a ele que é por esse motivo que eu lhe pedi ajuda. Uma hora ou duas apenas. Já vou lhe mostrar o túmulo de vossos pais.

Ela se abaixou, beijou-o na testa.

— Ela o deixou tão estranho, a guerra, meu pobre principezinho!

— Vou te ajudar — disse ele, com pressa de encontrar o túmulo.

Asma o pegou pela mão, levou-o à mangueira jacente ao chão. Levantou o tubo, envolveu-o em torno de sua nuca, de maneira que ficasse pendido sobre seu ombro, e colocou o anel em sua mão direita:

— Assim podereis ficar à vontade.

Ela o acompanhou em seguida até onde a água era ligada:

— Tereis de regar os túmulos que precisam e, depois, a alameda central. Mas sem desperdício. Água vale mais que diamante! E pode desaparecer de uma hora para outra.... Então, achastes que conseguireis dar conta?

— Vou conseguir — disse o menino.

Sentindo que podia confiar nele, ela lhe indicou onde encontrar, após o trabalho cumprido, a sepultura de seus pais.

— Quando tiverdes terminado a rega, ireis encontrá-la ao final do cemitério, abaixo de um muro desmoronado. Reconhecereis a laje sobre a qual vosso avô gravou as iniciais deles.

— Eu vou reconhecê-la.

Apesar da devastação do local, Omar-Jo sentiria, graças a essa água, alguns momentos de euforia.

Ora filtrando o orifício da mangueira, ora o liberando, ele fazia jorrar um ralo fio ou uma torrente, um riacho ou uma cascata.

Ele se divertiu fazendo reviver a relva, reanimando as folhagens a meia-haste, inundando as raízes estagnadas. Perseguiu a poeira que revestia os mármores com uma mortalha enegrecida, fazendo aflorar suas veias e seu verniz. As flores artificiais brilharam, as poças de lama viraram charco; alguns corvos ali entraram, molhando as asas, patinando deliciosamente.

Desprezando qualquer economia, Omar-Jo esbanjou naquela terra árida e mortal um grande fluxo de líquido que ela absorvera imediatamente. Participando daquela sede, daquele desejo, ele banhou seu rosto, umedeceu sua cabeça e seu pescoço, inundou seu corpo. Depois, com a boca cheia, bebeu grandes goles daquela água efervescente.

Um pouco mais tarde, o menino não teve dificuldade em reconhecer o quadrado de mármore com as iniciais de Omar e de Annette embaixo de "1987", data da união eterna dos pais.

Omar-Jo filtrou a água com seus dedos para que ela corresse mais fina, em carícias, sobre os dois nomes entrelaçados.

Por fim, ele se ajoelhou; encostou a bochecha na laje.

A água doce que ensopava seu rosto misturou-se à água salgada de suas lágrimas.

Omar-Jo saía e voltava ao espetáculo, como se não existisse divisão nenhuma entre um mundo e outro.

Ele circulava ao redor do Carrossel, penetrava na multidão cada vez mais numerosa. Provocava um, outro, acariciava seus rostos com um lenço amarelo ou uma tulipa de tecido; dava um beijo, que deixava uma avultada mancha escarlate, na bochecha de um pequenino.

Todos os zanni, todos os fools, todos os graciosos, todos os jograis, os nômades, os palhaços brancos, os senhores Loyal, os Augustos, dos tempos passados e presentes, habitavam-no. Um a um.

Intercalando irreverência e cerimônias, eloquência e traquinagem, silêncio e habilidades, ele mantinha alerta a atenção dos jovens e dos longevos. Tentava, às vezes, fazer de Maxime seu parceiro; mas ele resistia.

O menino se servia, então, de seu espanador como interlocutor; provocando-o ou lisonjeando-o, antes de espanar langorosamente seu rosto.

O MENINO MÚLTIPLO

Omar-Jo sabia se comunicar; mesmo seus deslizes desastrosos pareciam aprovados pelo público. Ele conseguia penetrar em todas as idades, como se as tivesse atravessado; metamorfoseando, em um piscar de olhos, sua carne macia e pintadinha em um tecido frágil e flácido.

— Aos doze anos, como você sabe tudo isso?

O menino o ignorava. Essa sabedoria jorrava como se cada etapa da existência tivesse sido gravada em suas fibras; como se juventude, maturidade, velhice fizessem já parte de seu ser. Nenhuma dessas fases lhe insuflava receio ou aversão. Bastava que ele pensasse em seu avô Joseph, no alto de seus oitenta e seis anos, para avaliar, por exemplo, as vantagens da velhice.

Numa noite, um pouco antes do fechamento, Omar-Jo se jogou sobre seus joelhos e sua mão, na plataforma, uivando como um cachorro à lua:

— Solidão! Solidão! Voltem amanhã, meus amigos! Voltem!

Seria esse o cúmulo da habilidade?, perguntava-se Maxime no mesmo instante em que, cansado, caiu sentado junto à Omar-Jo, com as pernas pendendo à beira do Carrossel. Lado a lado, o menino e o empresário partilharam uma barra de chocolate.

— Por que você deu esse grito terrível? Ele me corta o coração.

— Não se preocupe, Maxime. Você nunca vai estar sozinho.
— O que você sabe sobre isso?
— Você tem a mim!
— Ãh? — fez Maxime.
— E eu, eu tenho você!
— É assim que você vê as coisas?
— É assim que elas são.
— Em todo caso, por causa de você, eu não vou ter férias nesse verão: vamos trabalhar!
— Você quer dizer brincar! — concluiu o menino.

Fazia já algum tempo que, dentre os clientes costumeiros do Carrossel, a atenção de Maxime se voltara a uma jovem em torno de seus trinta anos. De seu coque, acomodado no alto da nuca, escapuliam madeixas alouradas; ela usava um par de óculos esféricos, circundados por uma fina armação áurea. Seu rosto era afável, risonho. Uma pinta, acima do lábio superior, conferia-lhe um ar rebelde.

Todos os dias ela mudava a blusa, mas nunca a saia. De um vermelho vistoso, ela se abria em corola a partir da cintura e mal cobria os joelhos. As meias-calças e os sapatos eram da mesma cor. O empresário a havia apelidado de "a mulher-papoula".

O MENINO MÚLTIPLO

O sucesso do Carrossel refletia na imagem de Maxime. Ele havia perdido a barriga, mudava todas as manhãs de camisa; sorria mais amiúde.

As avós que, durante sua derrota, viam-no como alguém da mesma geração, tratavam-no, agora, como um filho mais velho; em último caso, um irmão mais novo. As mães e outras acompanhantes tornaram-se novamente agradáveis e bastante atraentes aos seus olhos. Ao passar entre elas nas filas para distribuir os tíquetes, ele arriscava, dirigindo-se a uma, a outra, uma olhadela, uma gracinha.

Mas ele tinha predileção pela mulher-papoula. Ela chegava segurando a mão de uma menininha com os cachos bem feitos, embrulhada em um vestido de percal rosa. A menina usava meias altas de linho branco, sapatos envernizados. Sua aparência empolada contrastava com o aspecto natural e descontraído de sua acompanhante.

As duas passavam grande parte da tarde no Carrossel. Ao cabo de cada volta, com uma voz imperativa e volúvel, a pequena pedia outra volta. E isso nunca acabava, principalmente pois se lhe cedia facilmente.

Quando ela punha os pés no chão, pedia, na hora, uma bola, um pião, um sorvete, um algodão doce, vendidos em uma loja ali ao lado.

De volta, ela exigia outra volta na pista.

— Já é tarde, vai ser a última, Thérèse.

A menina ignorava completamente as advertências. Ela escalava novamente a plataforma, lançava o olhar para um dos cavalos, obrigando, se houvesse, o primeiro ocupante a deixá-lo.

Omar-Jo a observava de longe.

Assim que o Carrossel começava a se movimentar, uma completa metamorfose se operava.

Com o busto inclinado para a frente, a bochecha rente ao pescoço do animal, Thérèse parecia estar em plena cavalgada. Seus cachos se soltavam, seus lábios serenavam. De boca aberta, ela aspirava o vento; imaginando o espaço, esquecia de si.

Dando um salto, Omar-Jo aterrissou em um cavalo vizinho. Procurando rivalizar com a insolente amazona, ele levantou uma perna na horizontal, manteve-se equilibrado.

Ela o fixou, maravilhada.

— Eu faço tão bem como você — soltou. — Mas em um cavalo de verdade! Meu pai tem uma estrebaria!

A mulher-papoula não tirava os olhos do garoto. Fazia mais de uma semana que, para assistir ao seu espetáculo, ela se prestava aos caprichos de Thérèse.

Ela vira algumas das fantasias, algumas das interpretações. Ainda ontem, ele deambulava como Carlitos, pequena forma desamparada, sombria, que surgia entre as montarias sarapintadas.

O MENINO MÚLTIPLO

Com um pedaço de carvão, ele havia desenhado o famoso bigode; achara um nó de gravata preta e até um chapéu arredondado. As mangas de seu casaco, de comprimento exagerado, dissimulavam a ausência do braço esquerdo. Com o outro ele girava, com agilidade, um galho talhado em forma de bengala.

Ao falar, ele misturava diferentes línguas em um murmúrio mágico. Depois, de repente, alteara a voz:

> Eu habito toda a terra
> Eu choro ou eu rio
> Pelos de lá Pelos de cá
> Pelos fortes Pelos fracotes
> Eu moro sob a terra
> Que não me engoliu!

Quando ele passava perto de Thérèse, ela levantava a mão, tentando tocar um pedaço de sua roupa; querendo, parecia, assegurar-se de sua existência. Mas, tentativa por tentativa, ele lhe escapava.

— Mais uma volta! — insistira a pequena.

A mulher-papoula fuçara em sua bolsa.

— Não tenho mais dinheiro, Thérèse. Só os bilhetes de ônibus pra voltar pra casa.

Persuadida de que sua determinação provocaria um milagre, a menina ignorou a resposta que acabara de lhe ser dada.

— É a última. Vai logo, o Carrossel já vai partir! — continuou, batendo os pés.

— Ela é sua, essa pequena? — perguntou o empresário.

— Sim — disse a mulher, que continuava a vasculhar impacientemente sua bolsa.

— Não procure mais.

Ele pegou a menina pela cintura, levantou-a e a colocou, montada, sobre o cavalo alazão.

A mulher-papoula pediu mil desculpas.

— Vou te pagar amanhã, sem falta.

— É de graça.

— De graça! Mas por que de graça?

— Porque é um prazer pra mim.

Ele tinha gostado de fazer esse gesto. E repetiu: "De graça, de graça..." para saborear a palavra. Logo depois se perguntou se fora um ato espontâneo ou se, simplesmente, fizera-o já em vista alguns favores.

Deslizando os óculos até a ponta do nariz, a mulher viu seus olhos cinza-azulados cheios de malícia.

— Eu me chamo Maxime.

— Como São Máximo?

— Bom, eu não sou um santo. Longe disso!

Ele se lembrou, incomodado, de Odile, uma colega da escola, falante, grudenta e feia. Todo ano ela lhe parabenizava no dia de seu santo patronímico; eram cartões tão sacais que lhe davam vontade de

fugir de todos os santos, apostólicos e romanos, para se chamar Levy ou Omar, por exemplo!
— Me chame de Max — sugeriu.
Ela continuou:
— Seu pequeno garoto é formidável. Se eu trabalhasse com cinema, eu contrataria ele na hora.
— Não é o meu filho. Mas é como se fosse — apressou-se em acrescentar.
— Eu nunca vi nada de tão trágico e tão engraçado como esse menino! Eu venho todas as tardes.
— Eu percebi.

Já era tarde, o Carrossel preludiava as últimas voltas. O público havia, em sua maioria, dispersado.
Percebendo, através da janelinha, uma massa espessa de cabelos, Maxime gritou na direção da cabine:
— Omar-Jo, quando você tiver acabado de se vestir, venha aqui. Estamos te esperamos!
O menino se despia, naquele dia, de um traje de luzes realçado com as cores de Arlequim.
Emergindo da cabine, seu corpo subitamente esguio e frágil lembrava uma borboleta de asas queimadas. O coto perfurava a extremidade da manga da camiseta. O blush, mal tirado, deixava grandes borrões acastanhados em suas bochechas.
— Você sabe o que a moça acabou de me dizer? Que você deveria estar no cinema.
— A vida é um cinema — replicou o pequeno.

— De onde você vem? — perguntou a mulher.
— De todos os lugares.
— Eu bem que desconfiava.
Eles pareciam se entender com poucas palavras.
— Como você se chama? — perguntou o menino.
— "Cher", por causa da minha mãe, norte-americana. E "Anne"; meu pai era francês.
— Você tem um nome duplo, como eu.
— Sim, como você. Mas me chamam principalmente de "Cher".

Maxime se afastou para fechar o Carrossel e fazer descer Thérèse que, chumbada em seu cavalo, executava, quase sozinha na pista, suas últimas voltas.

— Minha mãe se chamava Annette — disse Omar-Jo. — Anne, Annette, é quase igual.

Ele a fitou, comparou por um instante uma jovem à outra.

Aparentemente, elas não tinham nada em comum.

— É um prazer ter o mesmo nome de sua mãe.

O som de sua voz lhe agradou. Sua simplicidade também; e a alegria que emanava de seu ser.

— Vou te chamar de "Cheranne".
— Cher e Anne? Os dois juntos?
— Não, "Cheranne". Uma palavra só.

Querido vovô,

No momento, eu moro em um Carrossel. Você vai gostar muito dele. Eu falo isso porque você vai vir me ver logo, eu tenho certeza. A sua dança do sabre vai fazer um sucesso incrível no meio dos cavalos de madeira. Todas as crianças vão te aplaudir. Mais tarde, quando eu for grande, vou comprar esse Carrossel. Ele vai ser de nós dois!

Eu não vejo muito Antoine e Rosie, eles são muito ocupados. Como você sabe, a lavanderia toma muito tempo. Eles saíram de férias há alguns dias, eles estavam precisando. Nós combinamos, eles e eu, que eu ficaria.

Não se preocupe, vovô, eu tenho amigos. Tem, primeiro, o dono do Carrossel; ele se chama Maxime. Maxime como o santo; mas ele não é um santo! Ele resmunga demais, e por quase nada. Mas não por muito tempo. Apesar de ele não me falar, acho que ele gosta de mim; eu também gosto dele.

O MENINO MÚLTIPLO

A outra pessoa eu acabei de conhecer, ela se chama Cheranne. Ela me faz pensar em Annette, ou eu talvez fale isso por causa dos nomes delas, que são parecidos. Você vai vê-los em breve, Maxime e Cheranne. Agora que o país está mais calmo, você vai poder pegar o avião e vir em poucas horas. Venha no outono. Muitas coisas estão sendo feitas por aqui, e o Carrossel estará mais bonito ainda! Você vem, não vem? Eu te espero.

Seu neto que te ama,
Omar-Jo.

O velho Joseph tinha dado o melhor de si para que o menino deixasse o país.

— Na sua idade, é preciso visitar a Terra.

No começo, Omar-Jo não queria ouvir falar da partida. Ele se agarrava ao avô, às pessoas do vilarejo, hospitaleiras e calorosas. Ele temia, ao mudar de local, apagar de sua memória a lembrança de seus pais.

— Omar e Annette nunca vão ser apagados; eles sempre vão viver em você. Não fique fechado aqui, Omar-Jo. Você nasceu com a guerra, você não deve viver com a guerra. É preciso ver o mundo, conhecer a paz. As raízes se exportam, você vai ver. Elas não devem te sufocar, te prender.

— Vovô, você nunca saiu daqui?

— Eu não pude, as circunstâncias.... Mas minha cabeça viajou bastante!

— A minha também viaja.

— Isso não pode mais te bastar, pequeno. Seus olhos precisam de outros horizontes.

— Longe de você eu vou ficar tão sozinho.

— Do jeito que você é, do jeito que nós somos, você e eu, nós nunca vamos ficar sozinhos. Mas você vai sempre guardar, lá no fundo de você, uma pontinha de solidão, porque você gosta dela; porque você vai precisar dela pra se reencontrar. Você às vezes dizia aos seus pais: "Façam de conta que eu não estou aqui", lembra?

— O que eu vou fazer lá, depois da escola?

— Eu confio em você, Omar-Jo, você vai achar o que fazer.

Joseph dizia a si mesmo, também, que uma criança não deve compartilhar, por muito tempo, a vida de um velho homem. Era preciso reconhecer, ele se tornara velho: o corpo não seguia mais o ardor da alma, a carne ensurdecera às trepidações do coração, a esperança entorpecera. Omar-Jo deveria crescer de outra forma, em outro lugar, não só sobre seu único passado; e transformar as imagens devastadoras em imagens vindouras.

Obstinando-se em sua recusa, o menino se grudara ao avô; arrastando as horas, seguindo-o, na caseta; depois, no pequeno jardim e no terreno ali ao redor.

Por fim, ele se deixou convencer. Como Joseph era iletrado, foi Omar-Jo quem escreveu a primeira carta para Antoine e Rosie. Juntos eles esperaram a resposta.

Alguns dias antes da partida, o menino tardou-se perto da área dos vinhedos, concentrando-se na observação de um formigueiro. No lusco-fusco, ele se empoleirou entre os galhos de uma grande macieira.

De lá, contemplou a cidade. Sua cidade, orlada de mar, envolta por risonhas colinas. Como ela parecia inocente e contente, de tão longe, de tão alto! Ela, a cidade assassina!

Joseph teria gostado de dar a Omar-Jo o saber das cerimônias, seu bem mais precioso. Mas o volumoso invólucro complicaria a viagem.

Na véspera da partida, ele lhe deu, em um pequeno saco transparente, um punhado de terra de sua colina.

No porto, alguns minutos antes do embarque, ele deslizou, no dedo anular de seu neto, o anel de Omar com o escaravelho.

— Eu te deixo — disse o menino retendo suas lágrimas.

— Você me leva — disse o velho.

Annette tinha encontrado seu primeiro trabalho aos catorze anos, como empregada faz-tudo, na casa de Lysia, uma viúva vinda do Egito.

Arruinada por recentes medidas de sequestro de bens, Lysia tinha realizado, em 1962, o caminho inverso ao de seus ancestrais, que deixaram o Líbano havia aproximadamente cem anos para fugir dos conflitos comunitários e da fome. Eles haviam encontrado refúgio e fortuna na terra do Nilo, e lá se integraram perfeitamente.

A revolução de 1952 deveria colocar um ponto final às gritantes injustiças. Ela ocorreu pacificamente, à imagem daquele país tolerante e pouco sanguinário. Medidas inesperadas foram, posteriormente, impostas a algumas famílias, privando-as de seus bens. Lysia fazia parte do lote, e teve de abandonar a villa herdada de seu pai. Sua suntuosa morada, mantida por muitos serventes, navegara durante alguns decênios, atemporal, sob sua condução autoritária e familiar.

O MENINO MÚLTIPLO

Em cada cômodo da villa reinava a fotografia de seu marido. Fazia cerca de cinquenta anos que ele, apaixonado pela náutica, desaparecera no mar com outros entusiastas, quando seu iate à vela afundou na saída do porto de Alexandria.

Lysia sempre contemplava seus retratos chorando:

— Ah, se você ainda estivesse aqui, ao meu lado, meu pobre Elie!

Com o passar do tempo, o belo jovem parecia mais um neto do que um marido. Seu olhar voltado ao longe tentava — parecia — fugir da suntuosa morada e de sua ardente carcereira.

Desde seu exílio, Lysia morava em um apartamento de um quarto e sala em Beirute, em um imóvel razoável. Tentando fazer reviver seu opulento passado, ela havia recuperado, graças a amigos influentes, vasos e pratos da China, um tapete de Bucara, um sofá Jansen, bibelôs de jade, vidrarias de Damas e sua prataria, para enobrecer a acanhada residência.

Nesse espaço saturado, movia-se com dificuldade. Lysia esperava, com essa ostentação, lembrar seus visitantes de seu esplendor transcorrido; e lhes impor o respeito devido a uma pessoa de seu nível.

Mantendo a mesma expectativa, ela passava horas e horas diante do espelho, procurando recompor um rosto há muito tempo esvaído.

Seu lavabo, sobre o qual havia um espelho oval circundado por querubins, era dominado por potes e frascos.

Toda manhã, na presença de Annette, ela empreendia sua metamorfose; submergindo, gradualmente, sob pastas e pós, aquele rosto, natural e lívido, enternecendo de fragilidade.

De vez em quando ela se dirigia à jovem empregada, cuja presença silenciosa e discreta a reconfortava.

— Imagina só, Annette! Eu tinha nove empregados para me servir, agora eu só tenho você!

Repreendendo-se, ela lhe fazia sinal para se aproximar e, dando-lhe tapinhas na bochecha, dizia:

— Mas você vale por todos eles! Todos.

O resultado de sua maquiagem multicolorida a satisfazia; com exceção do pescoço, que ela acabaria envolvendo em lenços de seda ou escondendo sob colares à moda africana.

Escovando sua cabeleira alourada e metálica, ela confiava a Annette outros fragmentos de seu passado; vangloriava-se de seu sucesso, das pessoas que frequentava.

De repente, impaciente com seus cabelos rebeldes — ela não tinha mais condições de pagar o cabeleireiro —, passou a prendê-los em um turbante fúcsia.

— Como estou, Annette? — perguntava, sem se preocupar com a resposta.

Depois, suspirando, ela deslizava em seu braço, em seus dedos, falsas bijuterias que não faziam jus às suas joias confiscadas.

Annette tinha piedade de Lysia, que nutria, dia a dia, aquela luta risível; ela até sentia uma espécie de apego pela velha senhora inconsciente e teimosa, generosa e mesquinha; que a enchia, de repente, de quinquilharias e vestidos antigos, mas logo os pegava de volta. Ela a alojava, a alimentava copiosamente, dava-lhe uma mesada, mas nunca lhe havia proposto proventos.

— O que você poderia fazer? Aqui, você tem tudo de que precisa!

— Mais tarde — dizia Lysia — sou eu que vou me ocupar de te arranjar um marido.

— Não, isso não. Nunca!

Esse "não" vigoroso e sem réplica a deixou pasma. Certamente ela havia entendido mal.

— Você tem razão, Annette. É cedo demais, cedo demais pra pensar nisso.

Ela não pretendia antecipar os acontecimentos. Essa menina podia lhe ser útil durante muito tempo ainda; a carga de um marido e de filhos viraria de cabeça para baixo a situação que tinham em comum.

Mas Annette insistiu.

— Eu quero dizer: sou eu que vou escolher meu marido. Eu, sozinha!

Os dois rostos refletiram, juntos, no espelho oval.

Lysia fixou, com um espanto indescritível, o rosto da jovem, normalmente bem complacente. O que lhe reservava a vida? Quais lembranças ela guardaria para os seus dias de velhice?

A ideia de que a "juventude", essa bela e breve juventude, fosse esbanjada com seres que não podiam dela se deleitar, nem dela se aproveitar, a fazia tiritar: "Que desperdício!".

Se a ela pudesse ser oferecida uma segunda chance, se seus dezesseis anos, se os dezesseis anos de Lysia pudessem voltar.... A esse preço ela aceitaria como seu o mesmo rosto de Annette. Ela se apropriaria de seus olhos opacos, seus cabelos lisos, seu nariz alongado. Sim, para ser "jovem", uma vez mais, ela penetraria, se preciso fosse, na pele de Annette. Em seguida, daria um jeito!

A velha senhora empurrou a cadeira, vestiu-se penosamente. Suas articulações eram dolorosamente sentidas.

Em pé, a magreza lhe dava a aparência de um espantalho: uma cabeça de modelo de gesso, fixada na ponta de um bastão nodoso.

Lysia não usava nem sutiã, nem calcinha, sob seu conjunto azul. Seios, barriga, nádegas tendo murchado, a carne enxugada nada mais tinha de libertina.

Ela havia mantido o hábito, durante as manhãs, de passear parcialmente vestida: indo e vindo, como outrora — quando seu corpo era carnudo e desejável —, sob o olhar dos empregados, como se eles fossem apenas sombras, fantasmas assexuados.

Cinco dias, e nada de a mulher-papoula aparecer. Na última tarde, Maxime tinha se contido para não repreender a insuportável menina; ele se perguntava, preocupado, se haveria pontos em comum entre a mãe e a filha. Para seu alívio, não achou nenhum.

— Ela deve parecer com o pai!

— Que pai? De quem você está falando? — perguntou Omar-Jo.

— Da tal da Thérèse. Ele faz a mãe fazer tudo o que ela quer. Se fosse minha filha....

— Você está esquecendo que foi você quem ofereceu pra ela uma volta na pista de graça.

— Não era pra essa pestinha!

— Ah, não? Era pra quem?

— Não se faça de inocente, Omar-Jo. Aliás, como ela se chama?

— Quem?

— Ué, a mãe dela! Vocês não acabavam nunca a conversa. Com certeza ela te disse o nome dela.

— Ela se chama: Cheranne.

— Cheranne? Esse nome é mais uma invenção sua!

— Chame ela de: Cheranne. Eu aposto que ela vai te responder.

— Você é mesmo um descarado, Omar-Jo. É só você simpatizar com os desconhecidos que você os trata como amigos, cheio de intimidade, como se tivessem sua idade!

— Por que perder tempo, Maxime? Ela é curta, a vida.

— Falar isso aos doze anos! Olha, você também teria merecido umas boas palmadas. Você nunca recebeu do seu pai? Você não responde, não consegue se lembrar. Não devia acontecer muito. Que pena, teria feito bem pra você.

Omar-Jo tinha apenas oito anos à época. Naquela noite, sentado no chão em frente à televisão, ele recusava ir dormir, apesar das ordens de Annette.

Fazia mais de uma hora, o bombardeio tinha, de repente, recomeçado. Nos últimos tempos, a ilusória trégua tinha durado; a despeito de esporádicos enfrentamentos, a existência havia, pouco a pouco, se normalizado.

Naquela noite, o apito das bombas tinha sido mais insistente. Os combates seriam retomados? Omar e Annette cochichavam, dando-se as mãos. Sem realmente preocupá-los — a vizinhança sempre tinha sido aberta, acolhedora —, sua situação particular os deixava mais vulneráveis que outros. Eles tentavam se falar, em seguida telefonar a parentes, sem preocupar o menino.

— É hora de dormir, Omar-Jo.

Ele não desligava. Aumentara o volume do som. Com o pescoço esticado, a cabeça para a frente, ele procurava escapar dos barulhos dos projéteis; entrar na imagem, para nela encontrar refúgio.

O apito dos lança-granadas-foguete e o estrondo dos canhões se aproximavam.

Annette e Omar voltaram à carga. Eles precisavam, a qualquer custo, pedir conselhos; talvez encontrar asilo em um abrigo ali perto. O prédio deles não tinha nem porão, nem subsolo.

— Deixem eu ver! Me deixem tranquilo! — gritou Omar-Jo.

Ainda sentado, ele deslizou no chão, avançando até tocar na tela.

Omar, normalmente muito calmo, pulou na direção de seu filho. Ele o levantou, levou-o por debaixo do braço ao quarto ao lado. O pequeno se debatia furiosamente.

Sentando-se na cama, ele estendeu o menino com a barriga para baixo e lhe deu a palmada.

O estupor de Omar-Jo o emudeceu. Com o rosto endireitado, ele fixava sua mãe, de pé na fresta da porta, tão perplexa quanto ele.

— É a primeira e a última vez — concluiu Omar após ter sentado o menino sobre suas pernas. — Não vivemos tempos fáceis. Você, você tem que aprender a crescer mais rápido que os outros, Omar-Jo.

Ele o abraçou, apertou-o contra ele. O menino sentiu em sua bochecha as arranhadelas do bigode de seu pai. Sua mãe, que havia se aproximado, passou a mão em seus cabelos.

— Nada vai acontecer com vocês. Nada, nunca! — ele suplicou.

— Nada — disse Omar.

— Nada, nada! — disse Annette. — Não precisa se preocupar.

O número dos obuses que bombardeavam a noite parecia diminuir.

— Meu pai me deu uma palmada, uma vez. Uma única vez.

— E um tapa na cara? Você nunca recebeu um? — perguntou Maxime.

— Ninguém ousaria me dar um tapa na cara. Ninguém!

— Tá bom, não fica bravo. Mas eu realmente não vejo muita diferença. São bofetadas, não?

— Um tapa na cara é um insulto.

Ele retomou gargalhando:

— Eu, só eu, posso me dar tapas na cara. Olha!

Com a palma da mão, ele se deu uma série de tapas em uma bochecha, depois na outra. O sangue avermelhou suas maçãs do rosto; ele rachou de rir.

— Entendi: você está me advertindo — disse o empresário — e fazendo suas palhaçadas de novo!

— Eu me defendo como eu posso, tio Maxime.

— Tio Maxime? Desde quando sou seu tio?

— Eu te adotei! — ele disse, antes de se afastar dando piruetas.

O diálogo continuava por cima da lona.

— Então é você quem me adota? Eu te agradeço por me avisar, Omar-Jo. Nada mais me surpreende; com você, tudo o que é estranho passa a ser normal!

Depois de um último entrechat, o menino voltou a se colocar diante do empresário.

— Se um dia eu o abandonasse, seu Carrossel, eis o que seria dele...

Ele esticou seu braço, deu à sua mão, aos seus dedos, a forma de um avião: asas e cabina. Acompanhando-a em seguida de zunidos, de assobios, ele fez a máquina voar, antes, em um voo rasante; depois, fê-la se levantar e virar, antes de voltar, de se empinar, de mergulhar no solo para ser esmagada em uma ensurdecedora explosão.

— Seu metido! Pequeno pestinha orgulhoso!

Você tem razão, tio Maxime. É o orgulho que me mantém de pé. Que mantém a gente de pé, lá.

Ao final do dia eles deixavam a pequena praça, juntos, para ir ao apartamento do empresário.

Quando a noite era agradável, eles voltavam a pé; flanando ao longo da rua de Rivoli, prolongando o caminho para subir pela alameda Henri-IV, comtemplando as vitrines do bairro Saint-Antoine.

— Você gostaria que nós estivéssemos instalados, nós dois, em uma sala como essa?

— Não muito — disse o menino. — Eu prefiro a sua carruagem.

Omar-Jo arrastava o empresário atrás dele. Eles penetravam, um atrás do outro, nos pátios; encontravam um velho poço, a escadaria dos Mosqueteiros, um lavadouro. O menino descobria diferentes passagens, se divertia com seus nomes.

— Passagem Ohomem, do Cavalo-Branco, da Semente, da Mão-d'Ouro...

— Garoto danado, você me ensina sobre o meu bairro!

Próximo ao Carrossel, o menino tentava descobrir o que representavam as quatro estátuas na fachada do teatro do Châtelet.

Maxime teve de consultar seu guia.

— São: o Drama, a Comédia, a Dança e a Música.

— Um dia vou fazer tudo isso.

— Tudo isso, junto? Você tem tanta certeza!

— No nosso futuro espetáculo.

— Nosso futuro espetáculo! Você vê um pouco longe, Omar-Jo, você não acha?

Por vezes, eles paravam no caminho, sentando-se em um banco público; comiam um sanduíche, regado a cerveja e a refresco de limão.

Foi ali que, numa noite, Omar-Jo traduziu ao empresário a carta que lhe tinha sido enviada por seu avô.

O MENINO MÚLTIPLO

Amigo Maxime, pelo meu neto, obrigado!

Vou conhecer seu Carrossel, um dia. Nesse meio-tempo, ele gira na minha cabeça; eu o estimo e o decoro com todas as frutas do meu jardim. Algumas vezes, ele se levanta como um disco-voador e plana ou rodopia logo acima da minha casa.

Já há algum tempo, nossos dias estão tranquilos. Os transportes públicos foram reestabelecidos, o correio retomou as atividades. Acho que poderei, em breve, te enviar damascos e peras. Você vai se deliciar.

Nossa existência, o nosso Carrossel, enterra-se ainda nas ruínas; mas agora que as armas se calaram, de vilarejo em vilarejo nós conseguimos, pouco a pouco, recompor a corrente, e nos reencontrar. Será preciso voltar a girar, um dia! Que todo o nosso povo suba novamente no mesmo Carrossel que sacudirá, progredirá ao som de uma música esperançosa. Você me entende, Maxime? Sabe que eu não sonho? Lembre-se de suas próprias guerras e da horrível ocupação...

Omar-Jo lhe dirá que eu não sei escrever. Foi o educador do vilarejo vizinho que veio, de propósito, para esta carta. Mas a assinatura será minha. Você a encontrará ao final desta página. Será a marca do meu polegar, com um pouco de terra nas dobras.

Obrigado, amigo Maxime. Era preciso que o menino conhecesse um mundo em paz.

— Me dá essa carta, eu quero guardá-la — disse o empresário.

O menino pousou seus lábios sobre os vestígios do grande polegar. Depois, deu-lhe a carta.

Às vezes Maxime e o menino jantavam na varanda de um café.

— Hoje à noite, é você quem vai escolher o lugar, Omar-Jo.

Eles pararam diante da brasserie des Trois Portes. Maxime observou o cardápio, fixado do lado de fora.

— Vem. Vem rápido.

O menino o puxou pelo braço.

— Deixa eu ver o cardápio. Se não for muito caro, a gente entra.

— A gente vai entrar de qualquer jeito.

— Ainda assim você não vai me dar ordens!

— Você disse: hoje à noite, é você quem vai escolher. Eu escolhi: vamos entrar!

Ele o arrastou na direção da vidraça, cuja cortina interna estava levantada.

— Olha. Ali, no fundo. Está vendo?

— Eu vejo muita gente.

— À direita: a saia vermelha, o avental preto... Aquela que está segurando a grande bandeja.

— A mulher-papoula!

— Exatamente. Você me falava dela pouco tempo atrás. Então, a gente vai entrar?

Maxime seguiu o menino. Tomando a dianteira, Omar-Jo encontrou uma mesa que seria atendida pela mulher.

— A essa hora, Thérèse está certamente na cama. Você vai ter ela só pra você, a mulher-papoula.

— Você também vai aproveitar, tenho certeza, Omar-Jo.

— Eu terei Cheranne!

Annette sofrera com a ausência da mãe que nunca conhecera, da avó que tão cedo falecera.

Apesar da solicitude de Joseph, a influência feminina sempre lhe fizera falta. Desde que conhecera Lysia, ela transferira à senhora idosa uma parte da ternura reprimida. Ela a cobria de mil e um cuidados, compartilhava as mesmas afinidades, as mesmas antipatias.

Lysia sofria por não fruir de uma mesa farta; seus meios não mais a permitiam. Podendo oferecer apenas café, chá ou refrescos de limão, Annette se empenhava em preparar a bandeja com uma toalhinha rendada, uma flor colhida; a ornar as bebidas com geleias ou biscoitos confeccionados por ela.

Lysia tinha uma prima, Elise. Ela, que emigrara alguns anos antes, não tinha restrições nem dificuldades. Seu marido, Emile, era um hábil homem de negócios que pôde exportar boa parte de suas posses; os dois levavam uma vida luxuosa em um subúrbio próximo, que dominava a cidade portuária. Apesar do afeto que tinha pela prima, Lysia não podia deixar de invejá-la.

— Se o teu Elie não estivesse morto, teria sido assim pra você também, minha pobre Lysia. Sem um marido pra cuidar das finanças, uma mulher não é nada! Eu te falo, se eu não tivesse tido Emile...

Continuando a levar a vida de rentista, Emile, que exibia uma barriga saliente e uma elegância britânica, fazia frutificar sua fortuna. Ele consagrava seus dias a desenhar cartas e gráficos que o permitiam seguir as cotações da bolsa de seus diversos investimentos. Bom garfo, todas as manhãs ele orientava o cozinheiro. À tarde, devido ao concurso de jardineiro, ocupava-se de suas flores. Ele tinha, inclusive, conseguido obter uma espécie de rosas mistas chamadas de "As Emilinhas", que venceram vários concursos.

Assim que a temporada começava, na hora da partida ele ofertava uma rosa, segurando-a pela ponta de seu longo caule, a cada convidada.

Além do cozinheiro, do jardineiro e de seus ajudantes, do motorista, de um empregado sudanês trazido do Egito, o casal tinha, também, aos seus serviços, uma jovem de aproximadamente trinta anos que era surda-muda.

Zékié tinha um rosto oval de Madona, uma boca sensual, olhos verdes. Seus cabelos escuros e luzidios, presos em dois coques trançados próximos à nuca, velavam suas orelhas. Ela normalmente se vestia com um vestido preto, meias-calças pretas; e calçava um sapato envernizado de fivelas. Usava sempre um avental impecavelmente branco e engomado, bem como uma touca rígida do mesmo tecido. Para servir à mesa, usava luvas de linho.

Lysia, de temperamento mais desorganizado, nunca teria imposto a Annette uma veste como aquela; ela talvez pressentisse que, em hipótese alguma, a jovem aceitaria vestir tal traje.

Aparentemente, Zékié se conformava. Seu rosto permanecia suave, seu sorriso quase afável demais. Mas, às vezes, seu olhar insinuava faíscas de ódio que Annette havia flagrado. Um furor breve, brilhante, traspassava então seu mutismo e aquela máscara de doçura.

Despreocupado, indiferente, o casal não percebia nada. Intransigente, Elise dispensava a jovem gesticulando, diante de espectadores. Meticuloso, Emile frequentemente encontrava nela defeitos, indicando-lhe, por meio de alguns movimentos de mímica, de que modo ela deveria ter agido. Para qualquer resposta, Zékié abaixava humildemente a cabeça, calando seus ressentimentos no fundo de suas pupilas.

Durante a refeição, Annette ficava a alguns passos de Lysia, atenta à mínima solicitação; dando-lhe suas pílulas, cobrindo seus ombros com um xale caso fosse preciso.

— Essa Zékié é uma diabinha! — comentava Elise sem abaixar o tom. — Eu a surpreendi várias vezes na companhia do jardineiro: um homem casado, que tem uma mulher e cinco filhos! Ele vai vê-los todo domingo nas montanhas; mas durante a semana ele dorme aqui. Eu tenho certeza, Emile, que acontecem coisas inconfessáveis debaixo do nosso teto.

Ela se irritava com a indiferença de seu esposo quando ela abordava esse assunto; chegando a se perguntar se, também ele, havia se aproveitado dos favores daquela depravada.

— Ela faz bem o serviço — precisou Emile.

— Seria um problema pra gente se ela ficasse grávida!

— A gente a enviaria de volta pra família dela e pronto.

— Não sei se ela seria bem recebida no vilarejo dela...

— Problema dela.

Durante toda a conversa, a surda-muda mantivera o rosto impassível. Com o coração apertado, Annette a acompanhava pelo olhar, perguntando-se se algumas daquelas palavras não teriam se infiltrado, ferindo seus tímpanos tampados.

A jovem Annette sonhava também, ansiosa, com seu futuro filho. Como, com quem, ele viria a ela?

Enquanto Emile fazia a sesta, Elise abria largamente seus armários em homenagem à sua prima.

— Vou te mostrar tudo!

Acostumada a essa ostentação, Zékié expôs vestidos, casacos e peles. Ela os mantinha, um a um, em seus cabides, escondendo-se atrás de cada roupa exibida.

— Capa de arminho Revillon — recitava Elise — vestido Maggy Rouff, robe Vionnet. Você viu essas cavas? Vison azul, gola de raposa, jaqueta de pele de astrakan, terno Chanel. Que corte! Fraque Schiaparelli... Chega mais perto, olha só esses botões.

— Como você fez pra salvar essas maravilhas! — suspirou Lysia.

Em sua saia e em sua blusa de marcas baratas, ela se sentia apequenada, derrotada. Chamando Annette em seu socorro, ela lhe soltou ao pé do ouvido:

— Ela não se apercebe de que tudo isso é passado. Passado!

Em 74, dois anos depois dessa visita, as hostilidades estouraram.

Em 77, a villa foi saqueada: bibelôs, cristais, louça reduzidos a migalhas; tapetes e móveis lacerados e queimados. A vingança, mais que a pilhagem, parecia ter sido o motivo da depredação.

O MENINO MÚLTIPLO

Diante do armário do quarto desventrado, roupas e casacos de pele, trinchados em pequenos pedaços com um cuidado maníaco, se amontoavam em uma pirâmide insignificante. No fundo de um dos armários, via-se o cadáver de Elise embrulhado em seu casaco de zibeline, com o pescoço envolto por uma gola de raposa. O corpo metralhado de Emile jazia no jardim em meio às suas "Emilinhas". Os jornais não publicaram nenhum detalhe.

Por causa da letra Z, raivosamente gravada no assoalho de madeira, as suspeitas recaíram sobre a surda-muda. Ninguém encontrou seus traços. Nem os do jardineiro. Sua mulher o esperou, em vão, anos a fio.

Foi bem antes desse drama, alguns meses depois da última refeição na casa de seus primos — a paz ainda reinava —, que Lysia, acompanhada de Annette, fugiu para o Egito.

O menino e o dono do Carrossel abriram caminho na sala enfumaçada e barulhenta para se sentarem no fundo da brasserie. Da mesa deles, eles viam boa parte do restaurante, bem como as portas vai e vem que se abriam, se fechavam, a um ritmo febril, na cozinha.

Cheranne, que anotava o pedido de um grupo de turistas, ainda não os tinha visto.

— Chama ela — sussurrou Omar-Jo.

Esforçando-se para se recuperar da surpresa, Maxime tentava esconder-lhe a emoção.

Impaciente, o menino se ergueu sobre sua cadeira. Antes que o empresário pudesse detê-lo, ele gritou sobre as cabeças dos clientes que jantavam:

— Cheranne! Cheranne! Somos nós!

Foi uma questão de segundos para que a jovem se lembrasse de seu novo nome. Assim que ela viu Omar-Jo, ela o reconheceu; seu rosto se iluminou. Ela ficou na ponta dos pés, levantou o braço para responder ao cumprimento.

— Estou indo! — gritou.

Tocada por um sentimento que ela não provava fazia muito tempo, ela se apressou para encerrar o pedido.

— Você está contente, Maxime? — perguntou o menino ao vê-la se aproximar.

— É a primeira vez que coloco os pés neste lugar.

— Mas ela, Cheranne, como você acha que ela está? Você não responde? Você ofereceu pra ela uma volta de graça, você normalmente não faz isso!

— Você me conhece?

— Você é mais ligado ao seu dinheiro, não é?

— Meus pais trabalharam duro a vida toda.

— Os meus também.

Os braços de Cheranne já envolviam o menino.

— Nossa, não esperava te ver!

Sob o brilho dos lustres Maxime viu suas poucas rugas; depois, aquela covinha no queixo, que lhe dava um ar juvenil. Atrás dos óculos, os olhos cinza-azulados do empresário cintilavam.

— Os petiscos são por minha conta!

Sua pele madreperolada cheirava a lavanda.

— Faz tempo que você trabalha aqui? — perguntou Maxime.

À noite eu cubro alguns funcionários.

— E sua menina?

— Não é minha filha. Eu passeio com ela nos dias de descanso, só isso.

O empresário sentiu-se verdadeiramente aliviado ao pensar que a irritante Thérèse não tinha nenhum parentesco com a jovem.

— Foi graças a ela, Omar-Jo, que eu pude te descobrir.

O garoto ocupava toda a sua atenção.

— Você tem filhos? — questionou Maxime.

— Nunca pude ter. Ainda bem, porque me divorciei.

O empresário não ousou lhe fazer outras perguntas.

— Você vai ser um grande comediante, Omar-Jo — continuou Cheranne. Ela lhe acariciou o coto. — Mesmo disso você vai saber tirar proveito.

Em seguida, dirigindo-se a Maxime:

— Vou voltar pra me sentar com vocês depois do trabalho, se vocês me esperarem. Vou cantar pra você uma das minhas canções, Omar-Jo.

— Uma das suas canções?

— Eu escrevo a letra, meu amigo Sugar compõe a música.

Maxime ficou intrigado.

— Sugar é um verdadeiro músico, um Black de Los Angeles. Faz dois anos que ele mora em Paris.

— Vocês cantam em que língua?

— Nas duas. Minha mãe era americana.

À morte de seu pai, Cheranne, aos doze anos, havia voltado, com sua mãe, aos Estados-Unidos. Harriet tinha encontrado sua família em uma pequena cidade do Middle West. Ela nunca havia se acostumado ao exílio.

Já Cheranne, inversamente à sua mãe, só pensava em voltar a Paris. Seu casamento com Steve tinha retardado o retorno. Desde seu divórcio ela voltara a viver em sua cidade natal e tentava, com dificuldade, ganhar a vida.

A ruptura com Steve havia ocorrido fazia mais de dois anos. Algumas vezes, ele ressurgia em sua vida. Cheranne ficava feliz, mas também aborrecida.

Pouco tempo depois do almoço na casa de seus primos, Lysia recebeu uma carta de seu advogado. Ele lhe garantia que ela tinha boas chances de recuperar uma parte de seus bens ou de, pelo menos, receber algumas indenizações. Ela decidiu realizar a viagem ao Egito, acompanhada de Annette.

No Cairo, ela se hospedou no apartamento de uma amiga de infância. Laurice morava ainda, devido à modicidade das locações antigas, em seu apartamento de mais de nove cômodos. Sem ter condições de mantê-lo, ele se deteriorava gradualmente. Tacos faltavam no piso, os tapetes estavam desgastados a ponto de os fios se fazerem notar, a tapeçaria destecia; poltronas e sofás, cujos estofamentos ostentavam furos, tinham perdido um braço ou um pé. Na maioria dos lustres restavam parcos ornamentos de cristal, as luminárias pendiam oblíquas nos muros que perdiam seus revestimentos. Tudo respirava a pó e a negligência.

O MENINO MÚLTIPLO

Durantes os raros dias de inverno, tremia-se de frio na vasta morada. Laurice havia colocado um fogareiro cilíndrico a petróleo no quarto de Lysia. Para eliminar o odor e umidificar o ambiente, sobre o fogareiro havia, permanentemente, uma panela com água na qual flutuavam folhas de eucalipto.

Laurice reunia, toda tarde, envolta das mesas de jogos, uma dezena de amigas para intermináveis partidas de pinnacle ou de bridge. A anfitriã oferecia as bebidas; as convidadas levavam doces e cigarros. Como não podiam mais jogar por dinheiro elas forneciam, ora uma, ora outra, o presente das ganhadoras: um par de meias de nylon retirado de um estoque preciosamente conservado, um lenço de cambraia, um par de luvas, amostras de perfumes de Paris.

Lysia reencontrava esse pequeno mundo antiquado com um misto de incômodo e de gosto. Eram sempre as mesmas anedotas, os mesmos aborrecimentos, as mesmas fofocas, as mesmas gentilezas. A isso se somavam uma cantilena de queixas, incessantes suspiros rememorando o passado, que elas embelezavam de graças excessivas. A miragem, cada vez mais mítica, da volta aos velhos dias, de fortunas readquiridas, animava suas existências limitadas; e nelas conservava o gosto dos dias por vir. Alguns irmãos e maridos, paralisados como elas em seus pesares, dilapidavam seus últimos anos em processos sem fim.

Lysia não invejava a forma como viviam; estava feliz por ter dela escapado. Ela não queria mais nem retomar a posse de sua villa, nem morar em um daqueles apartamentos imensos e cheios de pó, registrados dentre os imóveis em decomposição.

No dia anterior, imobilizada durante duas horas dentro do elevador que parara em pane repentina, ela prometeu a si mesma que, a partir daquele momento, subiria a pé. Desde então ela escalava, ofegante, os seis andares, apoiada no braço de Annette.

— Nosso apartamentinho de um quarto vale mais do que tudo isso, você não acha?

A visão que tinha das coisas parecia mudar. Sentia-se mais próxima a Annette que de suas velhas amigas. Ela repreendeu seu egoísmo com relação àquela menina que acabara de completar vinte anos de vida, o auge da juventude! Depois viria, como para todos, o irremediável declive. Apesar das bravatas da jovem, era preciso que Lysia lhe encontrasse um marido. Ao retornar, ela falaria seriamente a respeito com o velho Joseph.

Na saída do imóvel, Lysia chamou um taxi para ir ao homem que conhecia as leis.

O MENINO MÚLTIPLO

Nas ruas, nas calçadas uma massa apinhada progredia lenta e suavemente. Às vezes o movimento atravancava por simples pressão interna.

Annette sentia uma instintiva simpatia por aquela população de onde emergiam sorrisos e tristeza, miséria e malícia. O carro avançava em lenta cadência. Ela viu uma mulher corpulenta, trajada com um vestido colorido, que a olhava com um olhar vivo; um serzinho com os olhos envoltos de moscas, montado sobre os ombros de sua mãe, de preto. Um mendigo corcunda, com o olhar cheio de sabedoria, aproximava a mão esticada. Um homem gordo, catarrento, com uma maleta marrom apertada contra o peito, hesitava, esbaforido, na beira da rua, antes de mergulhar na multidão.

Incontáveis jovens rostos avultavam-se na sempiterna parada.

O motorista mantinha-se calmo, dirigia evitando solavancos. Em poucas palavras, com uma reserva inata, ele explicou sua cidade, os desagradáveis problemas que rondavam seu país. Preocupado com o conforto da velha senhora, virava-se de vez em quando.

— A senhora está bem?

No caminho, Lysia lhe perguntou se ele estaria livre durante as duas semanas de sua estadia. Eles combinaram rapidamente um preço e encontros quotidianos.

— Como você se chama?

— Omar.

— Posso confiar nele — ela murmurou, inclinada na direção de Annette. — Sei julgar um indivíduo à primeira vista.

Omar estava vestido com uma camisa quadriculada de gola aberta e um par de calças cinzas. Ele tinha a tez morena, cabelos frondosos e encaracolados, grandes olhos pretos; uma estatura imponente, da qual ele parecia se desculpar. De seu ser emanava bondade e tranquilidade.

Seu olhar cruzou várias vezes o de Annette no retrovisor. Eles sentiram, tanto um como o outro, uma emoção tão nova que ficaram envergonhados.

Era mais de meia-noite quando Cheranne foi se sentar à mesa com Maxime e Omar-Jo. Suas mechas caíam sobre sua testa, sua tez empalidecera; olheiras mais escuras ressaltavam a parte inferior de seus olhos.

Ela se encostou à mesa, afundou o rosto entre as mãos.

— Alguns minutos and I will be finished with this. Logo acabo.

Os dois a olhavam, sem trocar palavras. A silenciosa presença deles lhe fazia bem.

Cheranne levantou, por fim, a cabeça. Sem abrir os olhos avançou a mão na direção da bochecha do menino e a acariciou, às cegas. A carne polpuda sob a textura contraída da pele, os batimentos de um sangue novo na têmpora a ajudaram a emergir de sua fadiga.

— Foi Omar-Jo quem te viu primeiro. Foi ele quem teve a ideia de entrar — disse o empresário.

— Ele tinha certeza de que a gente não te atrapalharia.

— Ele tinha razão.

Ela ergueu as pálpebras, olhou para o menino; e, com uma voz quente, disse:

— Você tem os melhores olhos do mundo, meu palhacinho!

Uma palavra, um gesto, bastavam para trazer as lembranças. Omar-Jo não sentiu, dessa vez, nenhuma dor, mas uma felicidade revivida.

A Brasserie, esvaziada, ficou cheia de fumaça, de calor e de resquícios de todas as vozes que lá se entrecruzaram em um burburinho indescritível.

Em um balé preciso, eficaz, os garçons limpavam as últimas mesas; depois as preparavam para o dia seguinte.

Maxime fazia círculos em seu prato com bolinhas de miolo de pão.

— A noite está linda hoje. Vamos passear, nós três — sugeriu Cheranne.

Com eles, ela recuperaria o tempo que perdera longe da cidade. Com eles, ela redescobriria Paris. Esqueceria daquela parte de sua infância sepultada, do outro lado do Oceano, em insípidos e confortáveis subúrbios.

Ao chegar na França com um grupo de estudantes, Harriet conhecera Jacques em Paris. Eles se casaram em menos de uma semana. O casal nunca se deu bem. Por causa da filha, a união marcada por uma série de rupturas e reconciliações havia durado dez anos. Cher ainda ouvia a gritaria que a mantinha acordada, e em lágrimas, a noite toda.

Mal à vontade naquela capital onde ela achava as pessoas zombeteiras e pouco hospitaleiras, Harriet se esforçava, sem conseguir, para despertar na menina a nostalgia de seu próprio país. Ela evocava insistentemente sua Baía, esplêndida e cintilante, os inúmeros sóis, a sociabilidade de seus habitantes. Ela povoava seus contos com os animais de lá: golfinhos falantes, baleias bailarinas, jacarés inertes, intrépidas borboletas, garças reais de intermináveis patas, tartarugas de todos os tamanhos, peixes-boi de mamilos rechonchudos, lagartos, pelicanos, mochos.

A menina escutava essas narrativas com indiferença, tentando transpor essas histórias "de outro lugar" aos segredos e às lendas de Paris.

Assim que saiu o divórcio, Harriet levou a pequena Cher a Arosville; um povoado no Golfo do México, que se estendia por vários quilômetros. A menina completaria onze anos de idade.

Cheranne cumpriria o caminho inverso daquele de sua mãe. A adolescência finda, ela prometera a si mesma reencontrar sua cidade natal. O encontro com Steve atrasou em muitos anos esse reencontro.

O MENINO MÚLTIPLO

— Você está se sentindo melhor? — perguntou Maxime.

Cheranne levantou a cabeça, pigarreou e começou a cantarolar:

> *"Para o amigo fiel*
> *Cultivo uma rosa branca*
> *Em julho e em janeiro"*

— É uma canção do Sul. Uma canção da minha mãe. Ela retomou:

> *"Para o amigo cruel*
> *Que ataca o meu coração*
> *Não cultivo espinhos nem matos*
> *Mas também a rosa branca"*

Enquanto ela pronunciava essas últimas palavras, a imagem de Steve se impôs, dissipando qualquer outro sentimento. Apesar da separação, ela não conseguia esquecê-lo.

Ela se virou bruscamente para Omar-Jo.

— Eu posso cantar pra você canções minhas, se você quiser.

— Canções suas?

Ela tirou do bolso do avental um maço de folhas e uns lápis de cor, que ela esparramou sobre a toalha amarela. As páginas pareciam pedaços de pano, remendados em todos os sentidos.

— Sua escrita parece com símbolos, grafites — observou Maxime.

— Eu tenho um quê de pele-vermelha em mim. Mas você, Omar-Jo, você vem de muito mais longe!

De novo, Maxime se sentiu excluído do diálogo. O menino tocou-lhe o ombro:

— Estamos todos aqui, na sua terra, Maxime. Na sua, na minha, na nossa! — cantarolou.

O dono do Carrossel sorriu-lhe e perguntou se podiam festejar o encontro tomando alguma coisa.

— É a minha vez — disse Cheranne, chamando o jovem Fernand que terminava seu serviço.

— Leia pra gente suas canções — pediu Omar-Jo.

— Você não vai zombar delas, Maxime?

Ele não tinha nenhuma intenção de zombar delas. Diante de Cheranne, ele ficava indefeso; deixava-se invadir por um contentamento que ele não havia sentido com nenhuma outra mulher.

— Você sempre tem um ar malicioso — retomou ela, sorrindo.

— O menino interveio:

— Maxime é um poeta! Quem além de um poeta teria deixado tudo pra trás pra comprar um Carrossel? Quem mais teria escolhido como companheiro um palhaço, um estranho, um estropiado como eu?

— Você sempre exagera — disse o empresário.

— Não sou mais teu companheiro, teu amigo?

— Não foi isso que eu quis dizer.

— Omar-Jo tem razão — interrompeu Cheranne. — Quem, além de Maxime?

Com a ajuda das bebidas, uma agradável embriaguez tomou conta dos dois e de Omar-Jo. Cheranne segurou a mão esquerda de Maxime e a mão direita do menino.

— Vamos fazer uma roda! Para a vida e para a morte!

Para fechar a corrente, Maxime procurou a outra mão de Omar-Jo. Depois, bruscamente, constrangido pela gafe, ele envolveu os ombros do pequeno com seu braço e o apertou contra ele.

— Para a vida e para a morte! Para a morte e para a vida!

Eles se balançaram assim, durante um longo momento, repetindo em coro:

— Para a vida e para a morte! Para a morte e para a vida!

Foi durante essa canção que Maxime pensou, pela primeira vez, em dar uma prótese para Omar-Jo.

Cheranne cantou, em seguida, suas próprias canções. Todas falavam de amor. De amores vulneráveis e quiméricos, de milagres e de feridas, com palavras especiais.

As luzes se apagaram. Fernand, o garçom, havia acendido, no centro da mesa, uma grande vela disposta em um pote marrom envolvido por um granuloso colarinho de cera derretida. Em seguida, ele se afastou na ponta dos pés.

— Para a morte! Para a vida! — eles continuaram.

Cercados em uma área sombria, os três pareciam flutuar sobre uma ilhota, ou uma embarcação. Suas sombras reunidas, movediças, projetavam-se e dançavam no teto.

— E a música? — perguntou Omar-Jo.

— A música é de Sugar. Vou apresentá-lo pra vocês.

Os dedos de Maxime apertaram os de Cheranne. Ela respondeu à pressão. Eles cruzaram os olhares.

Fernand correu já de roupa trocada.

— Estão te chamando ao telefone, Cher. É de muito longe.

A jovem arrancou sua mão da de Maxime, levantou-se rapidamente, enfiou em seu bolso o maço de folhas de suas canções e se dirigiu correndo à cabine.

— Você vai voltar? — gritou o menino. Ela não virou.

Lysia recuperava os anos em que economizara esvaziando as boutiques. O responsável por seus negócios tinha, porém, sugerido que ela se controlasse: apesar de algumas melhorias, seus recursos continuavam modestos.

No espelho, sua visão enfraquecida — que ela evitava corrigir com um par de óculos — lhe enviava uma imagem lisonjeadora e embaçada. Vendo-se tal como desejava se ver, ela não resistia às compras de vistosos e primaveris trajes, e voltava toda noite para a casa de Laurice carregada de pacotes.

Generosa, ela enchia também sua anfitriã de presentes. Para sua prima Elise, procurando tanto agradecer-lhe pelos vários almoços e jantares na villa como impressioná-la com sua nova condição, levou uma bolsa de crocodilo.

Quatro anos mais tarde, essa mesma bolsa foi encontrada nos escombros da casa, saqueada. Ela não tinha sido aberta; continha, no entanto, um anel caro e um maço de dinheiro.

No meado de sua estadia, não sobrara mais nada para que Lysia comprasse alguma roupa para Annette, que ficou aliviada. A velha senhora teria lhe oferecido, dependendo de seu humor, uma daquelas roupas que lhe teria deixado desconfortável: uma saia e uma blusa com babados, ou uma veste quase monástica.

No final da tarde, quando a luz ficava menos ácida e o calor se desvanecia, Lysia, acompanhada por uma amiga, instalava-se no banco de trás do carro.

— Leve-nos para um belo passeio, Omar!

Ela deixava ao motorista a escolha da destinação; enquanto isso, Annette sentava-se ao lado dele.

Atrás, as duas mulheres jogavam conversa fora, sem se preocupar com o que se passava do outro lado das janelas.

Omar falava apenas para Annette. Ele lhe mostrou a Cidade dos Mortos, o Velho Cairo; partiu na direção das Pirâmides, da Represa, de El Matariya:

— Durante a fuga para o Egito, Maria, José e o menino Jesus encontraram refúgio aqui, debaixo de uma árvore. Nós também, muçulmanos, veneramos esse lugar.

Ele frequentemente pegava os caminhos em meio aos campos, que lhe lembravam seu próprio vilarejo, desejando, não sabia por que, fazê-la amar, sentir, palpar sua própria terra.

Usando poucas palavras, ele repetiu:

— Olha lá. Olha à sua esquerda. Esse vilarejo, esse canal, esses campos... Lá ao longe, o deserto...

É tão bonito tudo isso! Parece com o lugar de onde você vem?

Ela balançou negativamente a cabeça. Ela não encontrava nenhuma semelhança entre as colinas de sua terra, suas radiantes montanhas, seu mar tão azul, visível de quase todos os lugares; e aquele longo e lento rio, as terras de um verde tão vivo rapidamente cercadas por falésias de areia.

Ela não encontrava nenhuma relação entre o Nilo majestoso e os mananciais irreverentes ou as torrentes de sua montanha. As figueiras seculares, incubando sólidas raízes, não tinham nenhum parentesco com os grandes pinheiros marítimos ornados com audaciosos ramos. As pacientes felucas tampouco se comparavam às embarcações intrépidas dos pescadores.

Ele repetiu a pergunta:

— Parece com o lugar de onde você vem?

— A beleza os uni — disse ela de uma vez.

— Sim, é isso, a beleza — ele prosseguiu. — "A beleza"...

Debaixo de sua poltrona ele lhe mostrou uma caixa de papelão, contendo alguns livros.

— Eu estudo sozinho. Tem tantos problemas aqui e no mundo. Eu quero aprender, conhecer. Vou te indicar umas leituras se você também gostar.

— A gente vai embora em breve — ela respondeu, triste.

Outras vezes, ele indicava com o dedo as casas feitas de barro; fazia com que ela observasse as mulheres em trajes seculares batendo a roupa na beira dos canais, as crianças nuas e risonhas montadas nas costas de búfalos fêmeas; os camponeses, com os pés enterrados na lama, cavoucando o solo dos outros. Annette pensava, na hora, em seu pai Joseph, que possuía um pequeno pedaço de terra só dele.

Ela os imaginava face a face: o velho chamativo, falador, irrequieto, e o jovem modelado em argila e silêncios. Tão diferentes, ela pensava. Alguma coisa, no entanto, que ela não conseguia definir, os aproximava.

No dia da partida, o motorista tinha subido no apartamento para pegar as malas.

Lysia estava ao telefone. Annette permanecia com os cotovelos apoiados na janela.

— Vou sentir falta desse país — ela disse sem se virar.

— Ele vai sentir falta de você — continuou Omar, a alguns passos atrás da jovem.

Inconsciente do que se passava entre os dois jovens, Lysia, no auge da excitação — seu advogado acabara de lhe anunciar que a pensão que ela recebia mensalmente seria duplicada —, correu para Omar:

— Eu preciso de um motorista em tempo integral; você viria conosco? Vamos preparar um contrato de um ano, vou cuidar dos seus documentos. Você aceita?

Sem fôlego, Annette correu para fora do quarto para não ouvir a resposta.

Alguns meses depois, quando Annette e Omar anunciaram a Lysia a intenção de se casar, ela, sufocada, ficou boquiaberta, antes de mergulhar em um acesso de fúria. Sentindo-se culpada por ter sido a razão daquela aproximação, ela ameaçou, bateu os pés no chão.

— Vai embora! Você vai embora na semana que vem, Omar. E eu confiava em você!

Teriam eles alguma ideia das dificuldades que aquela união lhes causaria; e que a situação deles era desesperadora?

— Eu nunca pensaria isso de você, Annette! O que o seu pobre pai vai dizer? Você quer matá-lo!

Sem hesitar, o velho Joseph pediu para encontrar Omar, cara a cara.

O jovem parou seu veículo na entrada do vilarejo e continuou o caminho a pé. Os curiosos já estavam nas janelas. Ele contornou a igreja, entrou em um pequeno jardim, puxou a corda que desencadeou um ruído de sinos.

O velho não esperou mais nem um segundo.

Eles simpatizaram, um com o outro, na hora.

Depois de alguns minutos, os risos de Omar e de Joseph ecoaram. Eles deram, em seguida, uma volta no pomar, compartilharam a refeição. O amor que tinham por Annette fez todo o resto.

Persuadido de que Deus tinha o coração grande o suficiente para conter todos os crentes do mundo, passados, presentes, futuros, até mesmo os descrentes de sua espécie, Joseph se encarregou de convencer antes aqueles de seu entorno, depois a comunidade, já formada por cinco ritos diferentes.

Ele conseguiu. Os dois homens tinham um dom em comum: o de despertar a simpatia.

Convidada pouco tempo depois para o casamento, Lysia se alegrava por ter sido a fomentadora do "feliz acontecimento".

— Um belo exemplo de coexistência! — proclamou.

Foi em 1973, um dia antes da explosão.

Omar-Jo nasceria três anos depois, em uma terra já dividida, machucada.

Parecia impossível, para toda a população, que o estado de guerra e de tensão pudesse durar.

Do outro lado da linha, a voz de Steve vinha de longe e ia, com pequenas interrupções. Cheranne deu uma longa olhadela na Brasserie, viu a única mesa iluminada, onde Maxime e Omar-Jo permaneciam um ao lado do outro. Ela fechou a porta da cabine telefônica para escutar melhor.

Apesar da ruptura, Cheranne e Steve mantinham contato. Um sabia sempre onde encontrar o outro.

Ele tinha abandonado a carreira de atleta, e se arrependia, às vezes, por não ter investido a fundo; havia, por vezes, responsabilizado sua esposa. A partir de então, convertido aos negócios, ele parecia satisfeito; a audácia de seus projetos, a atração pelo dinheiro, serviam-lhe de motor. No telefone ele lhe pedia notícias, anunciava-lhe sua próxima chegada e o desejo de revê-la.

Escutando-o, ela se lembrou da última vez que se viram, fazia quase um ano. Cansado após uma longa viagem, Steve havia dormido na casa dela. Eles se encontravam sempre com o mesmo entusiasmo juvenil, mas muito rapidamente as coisas iam por água abaixo. Nas conversas que tinham, Steve usava constantemente de uma ironia que deixava as frases de Cheranne em suspenso. Mas deitados, um ao lado do outro, a proximidade silenciosa de seus corpos parecia, sempre, ligá-los novamente.

Naquela noite, Steve gemera em seu sono; ela ignorava a causa. Seguindo cada um seu caminho, suas existências tinham pouco a pouco ido à deriva; mas Cheranne quase não suportava a ideia de que Steve pudesse estar infeliz.

Ela esticara os lençóis sobre suas cabeças, envolvera os largos ombros com seu braço; ele continuava a reclamar, a suspirar em seu sonho. Ela assentou seus seios contra as costas de Steve, enlaçou as pernas dele às suas, comunicando-lhe seu calor. Com a orelha colada às omoplatas do companheiro, ela ficou serena, pressionada contra ele, esperando que a respiração de Steve se acalmasse.

A calma voltou. Ele se virou sem sair de seu sono. Ela dormiu segurando-lhe a mão.

Outras vezes foi ele quem, por meio de algumas palavras, alguns carinhos, acuou as inquietudes de Cheranne. Apesar das divergências que tinham, eles conseguiam, tanto um como o outro, de maneira indizível, reconfortar-se.

Cheranne deu uma olhada furtiva na sala. Maxime e Omar-Jo lhe pareceram distantes, navegando em outro universo. Ela se virou novamente e, com o telefone nas mãos, continuou:

— É bom te ouvir, Steve.

— Você trabalha até assim tão tarde? — perguntou-lhe.

— Eu estava com amigos.

Houve um silêncio.

Ela imaginava a reação de Steve diante do empresário e do menino; ele lhe teria dito que ela frequentava e gostava apenas de "seres sinistros, estropiados".

— Suas canções foram editadas, pelo menos?

— Ainda não.

Ela sentiu, de novo, seu olhar gozador, e teve vontade de fugir. Ele a reteve contando-lhe de suas várias viagens aos Estados Unidos e ao exterior.

— Você está contente? Seus negócios andam bem?

— Não vale a pena eu te falar a respeito — cortou. — Você não entenderia nada.

Ela teria gostado de que ele se confidenciasse. Isso talvez fosse culpa dela e ela nunca soubera ser firme...

Ele retomou, casmurro:

— Então, você continua na mesma?

Cheranne teve, de repente, uma única vontade: a de se afastar e de reencontrar Omar-Jo e Maxime.

Ela se via novamente, como pouco tempo havia, sentada entre um e outro. Ela tentou vê-los através da janelinha da cabine.

Seus óculos de súbito escorregaram até a ponta do nariz e a sala lhe pareceu fora de foco; ela quase não distinguia seus dois amigos; pareciam um único tronco, com duas cabeças. Ou melhor, um único mastro, flutuando em um mar noturno, tranquilo.

— Preciso ir, Steve.

— Eu te aborreço... fala que eu te aborreço... Mas sobre o que dá pra falar com você?

Ele retomou as ofensas.

— Nada mais disso tem a ver com a gente, Steve. É passado.

Ela não conseguia, contudo, deixar o telefone, ser curta e grossa. Por fim, o fone escorregou de sua mão. Ela o largou, pendurado; deixou que a ponta do cabo ondulado se enrolasse enquanto ela saia da cabine.

Dirigindo-se lentamente à mesa, Cheranne teve de resistir várias vezes ao impulso de dar meia volta, de retomar o telefone, de reestabelecer a conversa interrompida.

Maxime se levantou para puxar-lhe a cadeira. Seu rosto arredondado, seu sorriso amável, a enterneceram.

— Cheranne, temos um projeto pro Carrossel — disse o menino. — Um projeto com você, se você aceitar.

— Eu aceito — ela disse.

— Antes de saber?

— Vou gostar. Sei que vou gostar.

Para apresentar o espetáculo imaginado por Omar-Jo, Maxime cogitava a instalação de uma pequena tenda. Confiando no dinamismo do menino, que já tinha transformado o Carrossel em uma atração ímpar, o empresário mergulhou em planos, cálculos e começou os procedimentos necessários.

Com a ajuda de Cheranne e de Sugar, Omar-Jo tinha a certeza de conseguir realizar um espetáculo atraente e singular.

Sugar tinha vinte e dois anos. Cheranne tinha ido, numa noite, à discoteca onde ele tocava; as letras da jovem harmonizavam com sua música; eles trabalhavam juntos fazia vários meses.

Logo que conheceu Omar-Jo, Sugar o convidou ao seu quarto, num edifício situado em Gobelins. A janela se abria sobre os telhados; as placas de zinco se revestiam de escamas resplandecentes nos dias de sol. Eles confiaram, de imediato, um no outro.

— Eu nasci em Nova Orleans. Meu pai morreu quando eu fiz nove anos; eu soube, então, que ele tinha duas esposas e duas famílias. Ele não me deixou nada, nem mesmo um cadarço de sapato!

Sugar emudeceu por alguns instantes, antes de prosseguir:

— Alguns dizem: "Nada!", eu digo: "Tudo!". Ele me deixou "tudo"! A paixão pela música vem dele. Foi essa minha herança! Em qualquer lugar onde havia música, meu pai se sentia em casa; e comigo é igual, me sinto em casa. Ele improvisava no violão todas as noites. Nunca lhe faltava inspiração. Durante um tempo ele teve um Cadillac; ele me enfiava atrás e me levava em todos os lugares com ele. Quando ele tocava, eu adorava meu pai: eu ria, eu chorava ao ouvi-lo. Quando eu te olho ou te escuto, Omar-Jo, eu tenho a impressão de que, também com você, eu rio, eu choro, como antes. Tudo isso remonta a uma mesma origem, a um mesmo âmago, a um mesmo mistério. Quando meu pai parava de tocar, ele me dava medo. Tinha explosões de cólera assim que bebia, e ele bebia já quando acordava. Era um cara estranho! Ele tingia os cabelos de vermelho e verde, usava ternos azuis-celestes e sapatos amarelos. Normalmente, quando ele se aproximava, eu saia em disparada. Depois, quando ele pegava o violão, virava um deus; eu não podia mais deixá-lo. No funeral dele não tinha nem um caixão, nem uma lápide com seu nome.

Nós o plantamos em plena terra. Minha mãe passou a juventude no desgosto; depois desapareceu, nunca mais ouvi falar dela. Como eram os seus pais, Omar-Jo?

— Me fala mais de você, Sugar. Vou te contar minha vida mais tarde.

— Depois da morte do meu pai eu disse a mim mesmo: se a música está nele, ela certamente também está em mim. Mas eu não queria que fosse pelo mesmo instrumento. Eu escolhi o saxofone. Eu não sou meu pai, mas venho dele. Toco como ele, com meu coração que bate em todas as direções, até arrebatar all body and soul: todo o corpo e toda a alma. É como fazer amor. Você me entende, Omar-Jo?

— Te entendo.

Do lado de fora, nos telhados, pombas trapalhonas buliam-se bamboleando na beirada das calhas. Elas só redescobriam a graça de serem pássaros ao abrir as asas para voar.

Sugar encheu a mão do menino de grãos:

— Vai, elas estão acostumadas, elas não têm medo.

Omar-Jo saltou o rebordo da janela, enquanto Sugar, na surdina, o acompanhava com seu saxofone.

As pombas bicavam a palma da mão do menino, acomodavam-se sobre sua cabeça e seus ombros.

A música refletia essa imagem, esse encontro, cercado de luzes mágicas que precediam o cair da noite.

— Tudo o que uso na minha música é a história da minha vida.

Dentro do cômodo, toda uma parte da parede estava forrada de fotografias.

— Quem são? — perguntou Omar-Jo, sentando-se de pernas cruzadas, no chão, diante das várias talhas.

— Meus ídolos!

— Fala os nomes deles.

O rosto de Sugar parecia talhado em uma bola de ébano, seus olhos pretos estavam repletos de partículas amarelas e brilhantes; seu talhe filiforme se alongava até tocar o teto. O jovem apontou o dedo indicador diante de cada foto, escandiu um nome depois do outro, acompanhado pelo ritmo do sapateado:

— Dizzy Gillespie, Charlie Parker, Cab Calloway, Duke Ellington, Dave Brübeck. Este é o meu pai... Buddy Rich, Louis Armstrong, Billie Holliday, Milt Jackson, Ella Fitzgerald, Nat King Cole. Mais uma foto do meu pai... Thelonious Monk, Stan Gator, Coltrane, Faraó Sanders...

— Faraó? — interrompeu o menino. — Esse daí deve vir do país de Omar, meu pai.

— Não se esqueça, Omar-Jo, de me contar toda a história da sua família.

— Vou contar... Agora, Sugar, fala de novo os nomes dos seus músicos. Repete os nomes devagar; eu quero decorar todos eles.

Ele recomeçou batendo, dessa vez, as mãos, a cada sílaba. O menino, que tinha se levantado, tentava acompanhar seus passos, depois o sapateado.

— Amanhã vou cantar pra você todos esses nomes. De cor!

— E você, Omar-Jo, não tem ídolos?

O menino hesitou.

— Nenhum ídolo? — retomou Sugar.

— Sim — disse ele após um momento de reflexão. — Tenho um ídolo. Só um.

— Quem é? — perguntou Sugar.

— Na próxima vez vou trazer a foto dele pra você.

Interrompendo por três dias as férias, Antoine e Rosie tinham voltado a Paris para inspecionar a lavanderia, confiada aos cuidados de Claudette durante a ausência deles.

No dia seguinte à chegada, eles decidiram dar uma volta lá pelos lados do Carrossel.

Todos os cavalos estavam em mãos, a carruagem transbordava de meninada. Uma longa fila de espera pacientava perto da bilheteria. Uma multidão se apressava ao redor da pista.

— Eis um negócio que não para! — exclamou Antoine.

Eles não reconheceram na hora Omar-Jo, que acabara de trocar seu traje de Chaplin pela fantasia de abelha. Ele balançava largas asas transparentes; tinha o rosto dissimulado sob pelos marrons e sedosos.

Assim que viu seus primos, deixou correndo a plataforma rotatória e foi na mesma direção. Rosie deu um passo para trás diante daquela cara ríspida e peluda; o menino sempre a surpreendia.

Percebendo o mal-estar da prima, ele descolou na hora uma parte de sua máscara para oferecer-lhe uma bochecha macia e rosada. Ela lhe pousou um beijo.

As vozes de adultos se misturavam às das crianças:
— Omar-Jo! Omar-Jo, volta! De novo, Omar-Jo! De novo!

Dirigindo-se ao seu público, o menino prometeu voltar sem tardar.

Observando o que se passava ao redor, Antoine sentiu um arrependimento, um amargor, por não ter sabido aproveitar os dons do garoto. Seu estabelecimento certamente teria se beneficiado deles! Ele fez mentalmente as contas do lucro obtido em uma única tarde como aquela pelo dono do Carrossel. Multiplicando o número das crianças pelo preço dos bilhetes e pelas horas de abertura, ele obteve uma cifra tentadora.

— Tem sempre tanta gente assim, todos os dias? — perguntou-lhe.

— É assim todos os dias — respondeu Omar-Jo. — Em breve a gente vai ter uma tenda, com um verdadeiro espetáculo.

— Você tem ideia — ele cochichou à sua mulher enquanto o menino se afastava de novo — do quanto isso representa em entradas? Você não teve faro, Rosie; você teria que tê-lo impedido de deixar a gente. Com ele, nossos negócios teriam prosperado!

— Omar-Jo, em uma lavanderia!

Antoine deu de ombros, aquele espertinho teria se virado com qualquer coisa, em qualquer lugar.

— Uma lavanderia, um Carrossel... é tudo a mesma coisa. Tudo é comércio! E pra fazer dinheiro, ele é muito bem dotado esse seu priminho!

Rosie acompanhava o menino com os olhos. Sua alegria multiplicava a dos outros. Ele e a multidão se amparavam, lançavam a bola uns aos outros. Uma alegria recíproca os invadia.

— Trata-se de algo que vai além do lucro — ela lhe sussurrou. — Você não percebeu isso, Antoine?

Ele julgou a reação da esposa absurda, infantil; afastou-se para se dirigir diretamente ao menino, que se aproximava novamente.

— O que você ganha no Carrossel? — ele perguntou com um tom sério.

— Tenho um teto. Tenho comida.

— Tá. Mas não é isso que perguntei. O que você ganha? Quanto te pagam pra você trabalhar?

— Eu não trabalho, eu me divirto! — disse o menino. — Eles, eu os divirto também!

Ele balançava o braço na direção daqueles que o aclamavam.

— Você não respondeu à minha pergunta — insistiu Antoine.

Agitando as asas, dando saltos e fazendo caretas, Omar-Jo havia recomeçado.

Antoine se perguntava se não lhe competia intervir para proteger os interesses daquele menor de idade, de quem ele tinha a guarda.

Reconhecendo ao longe Rosie e Antoine, Maxime foi falar com eles.

— O priminho de vocês salvou meu Carrossel! — disse-lhes ao saudá-los.

— Eu não esperava tudo isso! — respondeu Antoine, admirado.

— Quando vocês voltarem das férias, vou visitá-los. Tenho planos para Omar-Jo — continuou o empresário.

— Eu também, eu queria falar com você sobre o menino.

— Então combinado: nos vemos em setembro! Em breve vamos montar uma tenda em miniatura, temos já uma pequena equipe de animadores. Estou resolvendo as últimas formalidades. Pra inauguração vocês serão meus convidados.

— Sou eu quem vai convidá-lo antes — interveio Rosie. — Pra você, senhor Maxime, vou preparar um jantar com nossas especialidades. Omar-Jo me contou como você gostou dos meus pratos, que você não quis deixar nem uma migalha! Fiquei feliz, senhor Maxime. Muito feliz.

Apartados da aglomeração, Sugar e Cheranne, sentados lado a lado em cadeiras de ferro, faziam anotações, elaboravam o futuro programa.

Assim que Rosie e Antoine se afastaram, Maxime olhou longamente a jovem. Ele teria desejado que a multidão se dissipasse; depois, que Sugar e Omar-Jo se afastassem, para que ele ficasse só perante ela.

Ele saberia lhe falar? Ele, que encetava uma aventura com alguns gestos, algumas boas palavras, ficava, repentinamente, em frente de Cheranne, tímido e balbuciante.

Ela então o vira e o chamara:

— Aproxime-se, Maxime. Vem ver um dos projetos.

— Na noite da inauguração vou convidar um monte de gente — anunciou o empresário. — Toda a família, todos os amigos de Omar-Jo. Toda a minha família também.

Ele imaginou a chegada de seus parentes, o estupor deles. Será que eles ainda o desaprovariam, estariam em desacordo com ele? Ou se deixariam conquistar? Mais uma vez Maxime sentiu a ausência do tio Léonard, extinto no fundo da poeira com a pipa, mas que revivia com frequência em seus pensamentos.

— Você também, Cheranne, você vai poder convidar quem quiser.

Ele esperou a resposta, que lhe teria permitido saber se a jovem tinha um relacionamento, uma ligação com outro homem. Com o homem do telefone, aquele com quem ela conversara por tanto tempo na cabine da Brasserie.

Mas ela apenas murmurou: "Obrigada, Maxime" e continuou a guardar o silêncio.

Maxime tinha obtido as informações concernentes à prótese que ele pretendia dar a Omar-Jo. Logo ele lhe falou sobre o horário marcado com o melhor especialista.

Em uma tarde chuvosa eles pegaram o ônibus.

Durante o trajeto, o empresário sorria, com um ar contente.

Na parada no ponto, houve empurrões. Sem poder se segurar com uma mão na barra, Omar-Jo escorregou nos degraus e aterrissou na beira da calçada. Maxime o ajudou a se levantar, a limpar a roupa.

— Você vai ver, depois da prótese nada disso vai acontecer mais. Você vai ser um menino normal.

— Eu sou um menino normal — retorquiu Omar-Jo, endireitando-se.

Consciente da gafe, Maxime afogou seu embaraço em um fluxo de palavras, cujo caudal findou apenas na soleira do consultório médico.

O MENINO MÚLTIPLO

O quiroprático fez o menino experimentar várias próteses. Maxime insistiu para comprar a melhor.

O assistente exibiu o modelo e demonstrou o sistema de encaixe. Ele enalteceu, em seguida, a extrema mobilidade, o requinte do mecanismo, as qualidades; e os fez admirar o revestimento cor da pele.

— Engana bem, não?

O coto exposto do menino, todas aquelas manipulações em sua presença, tinham embaraçado o empresário. Ele desejava que Omar-Jo tivesse, o mais rapidamente possível, o órgão que multiplicaria sua habilidade; e depois, não se falaria mais nisso!

— Quando vai ficar pronta? — perguntou.

— Vamos tirar as medidas e dentro de três semanas vocês podem vir buscá-la. Você vai ver, rapazinho, você vai ficar satisfeito. Quando você estiver com mangas, ninguém vai notar nada.

— Eu não quero.

Direto, sem réplica, acentuando as palavras, a voz de Omar-Jo tinha ressoado na sala de consulta.

Seguiu-se um longo silêncio petrificante.

Dessa vez, com o olhar voltado ao empresário, o menino repetiu:

— Desculpa, tio Maxime, mas eu não quero.

Eles deixaram rapidamente o consultório médico. Impressionado com a reação do garoto, o quiroprático recusou receber seus honorários.

De todo seu ser, de todo seu corpo, Omar-Jo tinha repentinamente rejeitado a aparelhagem, aquele órgão artificial que seria unido à sua carne mutilada, mas viva.
O menino havia, pouco a pouco, habituado-se ao seu coto. Fundidos na ferida fechada, mesmo os pontos de sutura faziam parte dele.
Assim ele tinha a impressão de que a imagem de seu verdadeiro braço podia continuar a habitá-lo; ainda mais presente, ainda mais insubstituível, o braço que jazia, longe dali, misturado à terra de seu país, fazendo parte da mesma poeira que cobria Omar e Annette. Membro que, por alguns momentos, ele esquecia para existir e melhor se mover; cuja representação, ao mesmo tempo, precisava nele ficar como uma amputação, como um grito permanente. Não era possível trocar o braço, nem trair sua imagem. Sua ausência era a lembrança de todas as ausências, de todas as mortes, de todos os traumatismos.
Havia algum tempo, lá, a paz parecia estar de volta. Mas quem juraria que a granada, que retinha a loucura dos homens, não explodiria mais uma vez?
Era preciso viver, no entanto. Viver mantendo os laços e a esperança.

— Você não está zangado? — ele perguntou a Maxime no caminho de volta.

— Você estava certo, Omar-Jo. Você continua você mesmo! E você é único, isso é insubstituível.

Dando-se as mãos, eles voltaram deambulando, como gostavam de fazer; aventurando-se em um percurso inesperado, através de surpreendentes ruelas.

Uma hora depois, a alguns metros da praça Saint-Jacques, eles viram o Carrossel, cheio, que girava, girava, girava.

Alguns dias depois, Omar-Jo entrou no quarto de Sugar segurando um grande envelope acastanhado.

— Adivinha só o que tem aqui dentro.

— O seu ídolo! — anunciou sem hesitar o jovem Black.

O menino puxou o gueridom coberto com uma toalha vermelha até embaixo da lâmpada fixada no teto. Circundada por uma luminária esmaltada na cor branca, ela possuía um fio caído que permitia abaixá-la à distância certa da superfície a ser iluminada.

Omar-Jo colocou o envelope sob o clarão luminoso. Depois, tirou lentamente a fotografia, prolongando a espera. Ele a apresentou antes pelo avesso para manejar seus efeitos.

Depois de uns instantes, ele a virou ao lado certo. Em plena luz, como sob as luzes de um projetor: um velho homem dançava.

Ele dançava, o velho Joseph.
À frente de seu cortejo, via-se apenas ele!

Sua camisa de algodão preta, com a gola rente ao pescoço e as mangas compridas, acentuava a força de seus ombros, a largura de seu busto. Uma calça larga, à moda turca e da mesma cor preta, fechava-se ao redor de seus calcanhares. Ele usava sandálias de tiras grossas que deixavam à mostra seus pés nus.

Um, erguido sobre a ponta, aderia ao chão e levantava o corpo potente. O outro mantinha-se na forma de um esquadro ao final da perna dobrada, amortecendo a pirueta.

Um braço se alongava na horizontal. O segundo, na vertical, erguia acima da cabeça do dançarino um sabre curvado e encetava a espiral.

O cerimonial da dança ia começar.

Na foto em branco em preto distinguia-se as linhas do velho homem, seus lábios rachados, um pedaço de sua língua. Seu perfil de águia, o bigode do qual se orgulhava, adicionavam-se ao seu semblante.

Seu ardor deixava em brasa o papel gelado, transpassava o tempo e o espaço; inscrevia-se em um eterno presente.

— É o meu avô — disse Omar-Jo.
— Que movimento! — soltou Sugar. — Que movimento!

Para se sentir mais perto de seu neto, o velho Joseph decidiu construir um Carrossel, como o da praça Saint-Jacques. Omar-Jo tinha lhe enviado diversas fotografias coloridas. Ele instalaria esse segundo Carrossel aos pés das videiras, em seu próprio terreno.

Após treze anos de combates, o país atravessava uma espécie de calmaria, marcada por alguns confrontos. A capital tinha, tantas vezes, sido cindida em dois, depois novamente fragmentada — multiplicando as divisões e os conflitos —, que a população, tenaz, contudo, ávida de esperança, mantinha a cautela.
Viu-se o possível e o impossível; todas as querelas tinham acontecido. Elas ressurgiam sem cessar; esgotavam-se, para de novo se alastrar. Cidades ou montanhas mergulhavam, então, em lutas sanguinárias, fratricidas, normalmente conduzidas por forças externas. Na sombra, traficantes de droga

e de armas prosperavam, provocando podridão e desordem, graças às quais eles escapavam de qualquer lei, de qualquer castigo.

O fato de homens poderem se entregar à sua própria aniquilação deixava louco o velho Joseph.

Seu vilarejo, miraculosamente poupado até então, dava o exemplo de uma comunidade aberta; apesar de impiedosos acontecimentos, eles viviam solidários, em harmonia. Embora o lugarejo não tivesse padecido em seu solo, em suas pedras, cada um, entretanto, havia perdido um parente, um amigo, no interior daquela pequena pátria que virara uma verdadeira cilada.

Ali, cada habitante tinha, por muito tempo, ficado de luto por Omar e Annette.

A ideia do Carrossel se fixou no espírito de Joseph como um sinal: o de um obstáculo à roda da destruição. A plataforma rotatória representaria a existência, com as voltas na pista mais ou menos longas. Os participantes cederiam lugar uns aos outros, em uma sequência natural, enquanto se perpetuava a imortal cavalgada sob uma cúpula protetora.

O velho homem era grato ao Carrossel de Maxime por ter servido de trampolim a Omar-Jo. O menino respirava, evoluía para além da lembrança. Ele existia outramente que no passado, nos antagonismos, no medo. Os fantasmas de Annette e de

Omar — em breve, talvez, seu próprio fantasma — serviriam-lhe mais como suportes do que como entraves.

Joseph imaginou seu Carrossel lançando-se no espaço. Sonhava com ele sobrevoando o Mediterrâneo; levantando-se, com vontade de ganhar velocidade, para além das nuvens. Ele o via voltando e visualizando a Costa Azul, tomando em seguida a linha média que leva, em linha reta, a Paris.

Ao chegar — graças à planta detalhada da cidade que o velho consultava seguindo com o indicador, no mapa, os percursos descritos, em cada letra, pelo menino —, ele localizaria Notre-Dame. De lá, manobraria habilmente na direção de Châtelet.

Quando seu Carrossel chegasse, enfim, sobre o de Maxime, coroando-o tal como um diadema, com uma hábil manobra Joseph pararia sua corrida. Seu próprio Carrossel flutuaria então; planaria, giraria, a alguns metros do primeiro, no mesmo ritmo e no mesmo movimento.

Eles seguiriam, assim, réplica aérea ou terrestre um do outro, uma dança fraternal ano após ano.

Joseph havia pregado no tronco de uma oliveira centenária uma fotografia, várias vezes amplificada, do Carrossel de Maxime. Ele a observava, todas as manhãs, antes de retomar os trabalhos.

Ele começou aplainando uma boa superfície do terreno antes de construir, ali, a plataforma arredondada que serviria de pista. Plantou em seguida uma sólida estaca no centro do assoalho, fixou umas quinze outras ao redor, na horizontal; cada polo devendo se encaixar em uma figura entalhada na madeira.

Joseph renunciou muito rapidamente à construção dos cavalos, preferindo substituí-los por animais que lhe eram mais familiares. Foram eles: um galo, um cachorro vira-lata, um asno, uma gata gotosa, um coelho obeso, uma joaninha, uma cabra, um bicho-da-seda.... Foi Joseph quem os compôs. A carroça virou um carrinho. Ele adicionou uma carriola na qual a molecada se amontoaria, contente.

O velho manejava maravilhosamente bem o martelo e a serra. Ele conhecia todos os segredos da garlopa ou do arco de pua; utilizava com competência a goiva, a plaina, o polidor.

Desejando fazer uma surpresa à vizinhança após o término dos trabalhos, o velho foi ajudado por alguns jovens para construir uma cerca de estacas e ramos ao redor de seu canteiro.

No decorrer do dia, e numa parte da noite, ele labutava sem cansaço aparente, serrando troncos de árvore, talhando-os, montando-os. Durante horas ele colocava cavilhas, colava, rabiscava, assobiando; ou escutando o transistor pendurado em seu pescoço.

A tarefa chegava ao fim: faltava apenas um animal a fabricar.

Joseph decidiu fazer dele uma criatura diferente. Uma besta mágica, saída diretamente de sua cabeça, que não pareceria com nada conhecido. Um animal sonhado, inventado, com olhos móveis, que possuiria tudo ao mesmo tempo: patas, asas, nadadeiras; elas permitiriam que ele se defendesse em qualquer circunstância e em qualquer lugar!

Ele o chamaria por um nome que testemunharia a ligação entre seu neto e ele. Amalgamando, combinando as letras e sílabas de seus nomes em todos os sentidos, o velho Joseph pensou por um bom tempo.

Numa noite o achado o arrancou de seu sono:

— Josamjo! Vai ser: "Josamjo"! — exclamou.

Hoje acabei a confecção de Josamjo, ele ditava em uma de suas últimas cartas. De todos os meus animais, é o meu preferido! Muitos vão se perguntar se esse bicho estranho realmente existe. Só você, Omar-Jo, e eu, conheceremos a chave desse nome no qual nossos nomes ficarão misturados, ligados um ao outro, para sempre. Você e eu saberemos que Josamjo existe, porque nós o imaginamos, o construímos, o quisemos!

Em breve nossos amigos vão derrubar a cerca. É o dia em que vou lhes oferecer, a todos, uma volta de graça. Uma volta imóvel, pois meu Carrossel tem tudo de um Carrossel, menos a mecânica. Nessa área, continuo um verdadeiro zero à esquerda!

Depois que eu te visitar, você vai voltar para cá com Maxime, Cheranne e seu amigo Sugar, para longas férias, visto que a trégua dura e que se fala em desarmar, em breve, todas as facções.

Eu te deixo agora, pequeno. Nosso Josamjo, que eu acabei de acabar, aguarda as cores. Eu escolhi as mais caras, as mais brilhantes.

Seu velho Joseph.

O velho homem tinha se lembrado de que o filho de Nawal era um vendedor de tintas. Ele sentia frequentemente remorsos por ter tão bruscamente repelido sua velha amiga, no dia da morte de Annette e de seu genro. Ao fazer pedidos de potes de tinta ao jovem, ele imaginava que teria a ocasião de se desculpar da mãe.

Assim que Joseph evocava Nawal, seus sentimentos ficavam ambíguos; uma saudade cortante se misturava a uma surda exasperação.

Rouchdy chegou em sua caminhonete com um estoque de potes de tinta.

Sua mãe, sentada no banco do condutor, imóvel, com as mãos cruzadas sobre o ventre, esforçava-se para passar despercebida.

Joseph se aproximou, abriu a porta, convidou-a a se unir ao seu filho dentro da casa, onde ele lhes ofereceu café e figos de seu jardim.

Já no dia seguinte, o velho começou a pintar Josamjo.

Mas naquele dia, no mesmo dia: a morte o surpreenderia.

Ela teve, no entanto, alguns cuidados. Deixou-lhe tempo para colocar ao seu redor, em uma parte da pista, os cinco potes de tinta.

Ela lhe permitiu, ainda, montar escarranchado sobre a sua criatura — o revestimento da véspera já tinha secado —, passar uma primeira camada no pescoço e na cabeça do animal; avivar, em seguida, sua crina de penas em tons vivos e genuínos.

A morte ainda esperou.

Ela o deixou aplicar, cuidadosamente, outras camadas, beirando as formas, assinalando os relevos.

Os cheiros de óleo e de terebintina o embriagavam agradavelmente.

Para finalizar esse primeiro trabalho, ele mergulhou o pincel em um líquido viscoso e dourado, levantou-o pingando de sol. Depois, num átimo, com um sorriso satisfeito nos lábios, o velho tombou.

Isso ocorreu sem tremores ou angústia premonitórios. O velho Joseph desabou sem choque, sem barulho, como um saco de farinha, envolta do pescoço úmido de Josamjo.

As marcas acobreadas da pintura ainda fresca se imprimiram em sua camisa branca, amplamente entreaberta, e deixaram grandes traços em seu pescoço e em todo o seu rosto.

Os aldeões vestiram o cadáver com seu hábito preto de chantre. Eles o calçaram com suas sandálias de solas esburacadas, com as quais ele tanto dançou nos caminhos pedregosos.

Advertida por seu filho, Nawal se apressou para os últimos cuidados relativos à higiene pessoal.

Ela soluçava, beijando as mãos retesadas daquele velho louco que ela nunca tinha deixado de amar.

O padre do vilarejo vizinho, que o havia raramente visto nos ofícios, mas que o conhecia de longa data, colocou seu próprio crucifixo sobre o largo peitoral do velho:

— O amigo de todos tem seu lugar nesta vida e na outra — concluiu.

Ninguém tinha conseguido limpar o rosto do velho Joseph, fazer desaparecer as últimas marcas de tinta. Todo aquele ouro colava em sua pele.

— Um excelente produto importado da Alemanha — murmurou Rouchdy à sua mãe. — É uma tinta indelével... Não se canse, você nunca vai conseguir tirá-la!

Foi assim que Joseph entrou na noite de seu caixão: com pegadas amarelas nas mãos, traços de sol na testa.

Era outono. A colocação da tenda era apenas uma questão de alguns dias.

Para a inauguração, Maxime havia encomendado um terno azul do céu e uma cartola. Seria ele quem anunciaria o futuro espetáculo; Cheranne e Omar-Jo haviam lhe preparado o discurso.

Por enquanto o menino, em terno de luzes alindado de plumas e guirlandas, encaracolava ao redor da movente plataforma.

De repente ele parou, como se tivesse sido apunhalado pelas costas. Ele pivotou, titubeou. Seus músculos o deixaram. Ele teve de se apoiar e se encostar na carroça.

Cheranne, que acompanhava com o olhar seus deslocamentos, chamou o empresário:

— Maxime, venha rápido... Omar-Jo não está bem.

Acostumado com as bruscas rupturas de tom do garoto, o dono do Carrossel não levou a sério:

— Não precisa se preocupar, tudo faz parte da encenação!

— Não dessa vez, Maxime. Olhe bem pra ele.

O rosto do menino estava pálido, seu corpo tremia. Nenhum som saia de sua boca.

Até o público, que o aplaudia fazia alguns segundos ainda, calou-se, incomodado.

— Está acontecendo alguma coisa fora do normal, eu tenho certeza — insistiu Cheranne. — Vai ver, Maxime.

O empresário se aproximou enquanto a música cessava, a pista parava de girar.

Desorientadas, as crianças não sabiam mais se deviam ficar em seus lugares ou se juntar aos seus pais.

Com as mãos em formato de corneto diante da boca, Maxime assoprou na direção do garoto:

— Você não acha que está exagerando, Omar-Jo? Dessa vez você está preocupando todo mundo com as suas brincadeiras!

Virando-se com esforço para o empresário, o menino lançou-lhe um olhar suplicante:

— Vem me pegar, tio Maxime. Não estou brincando. Não consigo me mexer, juro.

Em um segundo Maxime já estava na plataforma.

O rosto do menino estava ainda mais pálido, todos os membros tremiam.

O empresário o levantou, levou-o em seus braços, hesitou um momento, com o coração batendo. Depois se dirigiu à cabine, para esperar a volta de Cheranne, que tinha ido atrás de socorro.

Foi no dia seguinte que Maxime recebeu o telegrama anunciando a morte do velho Joseph. Ele tinha morrido na véspera, ao passar da tarde.

O empresário não achou necessário anunciá-la ao menino, persuadido de que ele já sabia.

A grande festa estava sendo organizada; ela aconteceria em pouco tempo.

Cheranne preparava suas canções; Sugar, suas músicas. Durante os ensaios, os dois se moviam com agilidade e graça. Dando a impressão de improvisar, eles desenhavam no chão uma dança de planetas, com movimentos precisos, codificados, um em relação constante com o outro.

Omar-Jo acrescentava sketches às suas palhaçadas. Seu corpo, cada vez mais ágil, realizava proezas acrobáticas; seu rosto, cada vez mais mutável, passava, sem cessar, da candura à lucidez, do frescor à desolação. Sua língua, cada vez mais solta, inventava palavras-flores, palavras-chicotes, palavras-relâmpagos, palavras-cativas.

Maxime decorava suas proclamações. Exercitando a voz, todas as manhãs, ele se impressionava ao perceber um timbre e uma extensão.

Na noite da inauguração, os lampiões piscavam até o amanhecer ao redor do Carrossel e da tenda.

As autorizações tinham sido obtidas. Nuvens fumacentas, azuis e rosas, subiriam dos quatro lados do pequeno jardim; depois, se separariam durante as frequentes revoadas de balões multicolores.

Após o espetáculo, uma sala da Brasserie des Trois Portes, reservada com esse propósito, acolheria os amigos e as famílias. Ao final da refeição, com uma taça de champanhe na mão, cercado de confetes e aplausos, Maxime se levantaria. Ele começaria assim:

— A você, Omar-Jo! Primeiro e antes de tudo, a você!

Em seguida, ele continuaria expressando-se de acordo com seus pensamentos.

Por fim, para concluir, o empresário anunciaria uma surpresa a todas as pessoas reunidas.

— Depois da festa, tenho um anúncio público a fazer. Uma surpresa!

Maxime não conseguiu se segurar.

— Que surpresa? — perguntou Cheranne.

— Uma surpresa pra todos. Principalmente pra você, Omar-Jo!

— Pra mim? O que é, tio Max?

— É segredo! Se eu te dissesse, não seria mais uma surpresa.

Desde então, todo domingo, Maxime mergulhava em um misterioso dossiê.

— Essa papelada, essa droga de papelada — ele resmungava rabiscando as margens.

A presença do menino, seu vai e vem perpétuo no pequeno apartamento que dividiam, incomodavam-no.

— Vai passear, Omar-Jo!

— O que é que te deixa de tão mau humor, tio Max? Taxas, impostos?

— Em nossos países civilizados é assim, o que eu posso fazer! Tudo é feito por escrito. No seu país — continuou ele num tom de troça —, suponho que os impostos nem sejam pagos!

— É possível. Lá é uma bagunça!

— É. Isso mesmo. Agora me deixa com as minhas coisas.

— Do lado do meu pai — retomou o menino sem se deixar abalar —, meus ancestrais inventaram a papelada! "Uma nação de escribas", era assim que eram chamados. Eles escreviam tudo em rolos de papiros. Sobraram milhares e milhares. Do lado da minha mãe, foram os inventores do alfabeto. Foi no sarcófago de Ahiram que...

— Do que você está falando! — cortou Maxime. — Por acaso pedi pra você me dar um curso sobre a Antiguidade?

— Você falou de "civilização", não?

— Entendi, Omar-Jo! Mais uma vez eu feri seu famoso amor-próprio. Em resposta, você me joga na cara tumbas e faraós!

— Estamos quites, tio Max?
Ele morreu de rir:
— Estamos quites, menino danado!

— Vou deixar o Carrossel nas suas mãos durante o dia — avisou o empresário uma semana depois.
— O dia todo sem você?
— Venho te pegar à noite, lá pelas seis. Vamos voltar juntos, como de costume.

À tarde, Cheranne se surpreendeu por não encontrar o empresário no local.

— De novo o precioso segredo dele! — disse o menino.

A jovem havia refletido bastante sobre essa "surpresa", esse "segredo" para o qual Maxime havia previsto uma declaração solene. Só podia se tratar de seu próximo casamento, ela imaginou; o empresário esperava essa ocasião para apresentar sua jovem esposa, mantida discretamente afastada até a noite em que todos estariam reunidos.

Só de pensar nisso, Cheranne sentia algo parecido com uma tristeza, uma queimação no fundo da garganta. Teria ela querido ignorar que um sentimento despertava? Um sentimento sempre refreado pela paixão que a ligava a Steve?

Fazia mais de um mês que ele não lhe dava nenhum sinal de vida; ela não sabia se esse silêncio lhe era benéfico ou não. No decorrer de sua existência, ela atravessava, assim, fases de dilacerações ou de apaziguamento, de equilíbrio ou fragilidade.

Durante o dia, para ganhar a vida, Cheranne continuava a passear com crianças ou acompanhar senhoras idosas. Na véspera, graças a Sugar, ela teve uma entrevista com o patrão de seu cabaré. Ele havia escutado as canções da jovem, que o encantaram. Logo ele a contratou para cantá-las, duas vezes por semana, após a meia-noite. Ela deveria começar no dia seguinte.

— Maxime vai voltar às seis horas — confirmou o menino.

— Vou esperá-lo com você.

Às seis horas Maxime não reapareceu. Nem às sete horas, nem às oito horas.

Essa ausência prolongada confirmava a desconfiança de Cheranne.

— Ele talvez tenha ido ver o "segredo" dele — ela soltou em um tom neutro.

Eles continuaram a esperar.

Mais curtos, os dias refrescavam. A multidão já tinha desaparecido fazia um bom tempo. O pequeno jardim sumira no escuro.

Chegou o momento de cobrir o Carrossel com sua pesada lona; Sugar chegou na hora para ajudá-los.

Depois, nove horas. Logo, dez. E então, onze.

O jovem saxofonista teve que deixá-los para ir ao cabaré:

— Venho amanhã pra ter notícias.

— Ele está passando uma bela noite. E a gente, ele esqueceu da gente! — continuou Cheranne.

— Não pode ser isso — respondeu o menino.

A inquietude o dominava, mas ele lutava para não se deixar invadir. Omar-Jo tinha a impressão de que, se ele cedesse ao medo, ele insuflaria essa angústia à jovem. Quiçá ela não esperasse Maxime que, talvez, naquele mesmo momento, precisava de todas as suas forças para enfrentar dificuldades, um perigo real.

— Vamos ver no apartamento — disse o menino com uma voz segura. — Talvez eu tenha entendido mal, é na casa dele que ele está esperando a gente.

Maxime não estava lá.

Os dois procuraram, em vão, marcas de sua passagem.

O modesto prédio não tinha porteiro. Eles desceram à rua, interrogaram a vendedora de jornais, cuja banca ficava aberta até tarde da noite.

De seu posto de observação ela via, com um olhar curioso e familiar, as idas e vindas de seus clientes habituais.

Ela não tinha visto Maxime. Ela não poderia não tê-lo visto; mesmo sem comprar um jornal, ele a cumprimentava sempre ao passar.

— O que aconteceu com ele? Um acidente?

Obrigatoriamente confrontando-se, havia mais de quarenta anos, com as manchetes dos jornais, a vendedora vivia em um mundo de catástrofes. Persuadida de que, de um dia ao outro, as calamidades se introduziriam na vida de todos, ela repetiu:

— Meu Deus! Maxime sofreu um acidente!

Sem responder-lhe, Cheranne e Omar-Jo prontamente partiram.

Durante toda a noite, de delegacias a hospitais, eles procuraram juntos o dono do Carrossel.

Foi só no comecinho da manhã que eles souberam que Maxime, levemente embriagado, fora atropelado por um carro que surgiu, na praça de la Concorde, de um dos túneis.

Omar-Jo e Cheranne o encontraram em uma sala de reanimação.

Estendido sobre um colchão coberto por um tecido de plástico transparente, Maxime estava preso a ele por cintos de segurança. Canos saiam de seu nariz, da boca; outros saiam de seus membros e de seu peito. A tez cor de chumbo, os olhos fechados, as olheiras profundas: ele arquejava. Via-se a carne lívida de seus ombros descobertos.

Maxime era apenas um corpo em perdição que se prendia, de maneira animalesca, ao que lhe restava de seu sopro. Uma respiração entrecortada subia por rajadas até seus lábios; deslocava-se, para recomeçar, como impulsionada por um motor invisível.

— No começo, o pobre homem delirava — contou a enfermeira. — Ele não parava de chamar: "Chaplin, Chaplin". Vocês sabem: "Carlitos"! E então, ele entrou em coma.

Condenado a esse estreito campo de batalha, no ringue exíguo de sua cama, o empresário se empenhava, aos solavancos, para frustrar os ataques da morte.

Em alguns momentos seus pés mexiam, se agitavam, como se ele tentasse fugir da ameaça, correr para longe.

Em outros, seu rosto ganhava um ar selvagem, pungente, preparando-se para entrar em combate, para enfrentar o violento corpo a corpo.

Depois, quase sem forças, o paciente relaxava, dobrava-se sobre ele mesmo, abandonando todas as vantagens ao seu potente adversário.

Na véspera, segurando uma Magnum de champanhe sob o braço, Maxime tinha sido pego na transversal por um carro.

Ele o havia arrastado por vários metros na rua. Outros veículos, freando, puderam, por sorte, evitá-lo.

Os socorristas encontraram o empresário, deitado sobre as costas, banhado em uma poça escarlate.

No chão, o sangue denso, pesado, se misturava às bolhas aéreas, aromáticas, que escapavam da garrafa esmigalhada.

De pé no pé da cama, com os cotovelos apoiados no balaústre, Omar-Jo não tirava os olhos de seu amigo.

Dessa vez tinha sido demais! Desde seu nascimento, a morte não cansava de persegui-lo, ele e os seus. Ela sempre conseguia alcançá-los e vencê-los.

Dessa vez ele não desistiria! Dessa vez, a morte não chegava de surpresa. Ela se anunciava! Omar-Jo teve tempo de reconhecê-la, de desmascará-la; e, no momento, de encará-la.

Uma energia invencível tomou conta do menino. À noite, ele recusou deixar o hospital. Convencida de que o empresário vivia suas últimas horas, a equipe permitiu que o garoto ficasse ao seu lado.

Depois da partida de Cheranne, Omar-Jo se aproximou de Maxime e lhe falou em voz baixa:

— Aguenta firme, tio Maxime! Eu preciso de você! A gente precisa de você: Cheranne, Sugar, eu e os outros. Aguenta firme, você vai ficar bom. Eu não vou te deixar nem um segundo. Juntos vamos ganhar, você e eu!

Usando de todos os meios dos quais ele dispunha, o menino tentava atingir Maxime, penetrar em seu universo cerrado. Pela voz, pelo contato, ele buscava entrar na camisola daquele corpo severamente agredido; talhar, pelas palavras e pelo toque, uma entrada naquela carne fechada.

— Aguenta firme, tio Max. Aguenta firme.

Ele repetia as mesmas palavras; aplicava a palma de sua mão na testa de seu amigo, em seus ombros: acariciava as costas de suas mãos.

— Eu só saio daqui com você. Você sabe como eu sou: um cabeça dura!

Ao amanhecer de uma longa noite, Omar-Jo percebeu um bem leve pestanejar das pálpebras. Mais tarde, uma dobra de lábios. Ele os assinalou às enfermeiras, que avisaram ao assistente.

Mais tarde, sons desarticulados subiram à garganta de Maxime. Sua respiração estava menos intervalada.

Dois dias depois, o empresário deixou a sala de reanimação e foi para um dos quartos do hospital.

Foi penetrando naquele quarto ensolarado — estendido na cama com rodinhas que empurrava a enfermeira — que ele viu, no canto do cômodo, uma grande mancha vermelha salpicando todo um canto do quarto.

— A mulher-papoula! — foram suas primeiras palavras.

As bochechas do menino estavam chupadas. Seus olhos imensos, que brilhavam como nunca, absorviam todo o rosto.

O empresário o chamou:

— Vem, Omar-Jo...

Em um segundo ele se levantou da cadeira onde estava jogado e correu.

— Mais perto...

O paciente se agitou, abriu várias vezes a boca sem que nenhum som saísse de seus lábios.

— Não fala ainda, tio Max. Você não tem que se cansar.

O empresário sentiu arrepios, se debateu, como se o que ele tivesse a dizer não pudesse mais esperar.

— Chega mais perto — sugeriu Cheranne.

O menino abaixou a cabeça. Seu ouvido aflorou a boca do dono do Carrossel.

— A surpresa, Omar-Jo, o segredo... — ele pronunciou. E recuperou o fôlego para declarar de uma vez:

— Agora você se chama Omar-Jo Chaplin--Lineau... "Linô", como eu.

— Isso rima — disse o menino, que estava sem palavras.

— Isso rima e eu te adoto! Todos os papeis estão assinados.

Ele tentou acrescentar:

— O champanhe... era pra...

O MENINO MÚLTIPLO

Mas a enfermeira, que acabara de entrar, franziu as sobrancelhas, insistindo para que ele se acalmasse.
Assim que ela saiu, Maxime chamou o menino:
— Mais uma palavra... só uma.
— Só uma, promete?
— Prometo.
— Então, estou ouvindo.
— Tudo isso é "de graça"! — ele murmurou. — "De graça!".
— "De graça!" — retomou o menino, como se eles tivessem trocado uma palavra-chave. — De graça, de graça, de graça — prosseguiu o pequeno girando sobre as pontas dos pés ao redor da cama.
Pela primeira vez desde o acidente o empresário sorria.

Cheranne tinha passado, naquele dia, muita colônia.
No dia anterior, Steve tinha aparecido; ele ficaria em Paris por uma semana. Ela ia encontrá-lo, ao sair do hospital, em um restaurante perto de Étoile.
Cheranne nunca tinha aparecido tão adorável, tão radiosa. O empresário observou seus cabelos mais curtos, mais ondulados; lentes de contato substituíam o par de óculos. Seu perfume, fresco e picante, embalsamava.
— Hoje à noite sou eu que vou te substituir aqui — ela disse a Omar-Jo, mudando subitamente de plano.

Ela ladeou a cama, aproximou-se, deu um beijo na testa de Maxime. Depois, passou calmamente a mão em seus cabelos.

— Vou passar esta noite com você, Maxime.

Ele tentou, sem muita convicção, protestar.

— Não diga nada, já está decidido. É do seu lado que eu quero ficar.

— Ao entrar.... eu reconheci a sua cor... — ele articulou com esforço.

— Meu vestido-papoula! Eu sei que você gosta dele.

Ela decidiu mentir:

— Eu o coloquei de propósito pra você, Maxime.

Enquanto ela as expressava, essas palavras lhe pareceram, de repente, verdadeiras, sinceras.

Depois ela telefonaria a Steve e encontraria uma desculpa. Talvez eles adiassem o encontro para o dia seguinte; ou para outro dia? Ou talvez eles não se veriam mais. Ela hesitou por um momento, teve vontade de correr na direção dele; mas era muito tarde para voltar atrás em sua decisão.

Sugar, que passava todos os dias no hospital para ter notícias, tinha voltado — tarde naquela noite, depois de sua apresentação — a vaguear ao redor do Carrossel.

Ele encontrou Omar-Jo.

O MENINO MÚLTIPLO

Assim que o pequeno lhe anunciou que o empresário estava fora de perigo, eles cuidaram de tudo, juntos. Antes rasgaram o cartaz que anunciava o cancelamento do espetáculo, a redução das horas de abertura do Carrossel devido ao acidente, substituindo-o por um cartaz que estabelecia a inauguração da Tenda para uma data posterior e a volta da programação completa da pista de jogos.

Era mais de duas horas da manhã. Para festejar a volta do empresário, os dois tiraram a lona, ligaram os lampiões, colocaram a plataforma em movimento.

Depois, sem combinar, um dançando, o outro tocando sax, eles deram a volta ao redor do Carrossel e do pequeno jardim deserto.

A lua não estava lá. Mas não importava! Sugar e Omar-Jo tocavam e dançavam, para todas as obscuridades do mundo e todas suas claridades. Para todos os Maxime, Joseph, Omar; para todas as Annette, Cheranne. Para todos os amigos conhecidos e desconhecidos que povoam o planeta. Para aqueles que a vida favorece e para aqueles que ela desprotege. Para todas as horas por vir, sempre e sem cessar, a reanimar!

Omar-Jo e Sugar dançavam, tocavam, ritmavam, balançavam-se em cadência, paravam, fanfarronavam...

Enquanto raros notívagos penetravam na pequena praça para escutá-los, observá-los, finas gotas de chuva começaram a cair.

O inverno se aproximava.

Tudo corria na direção do frio, da violência, da morte. Tudo fugia na direção do verão, da paz, da vida.

Girando, rodopiando sem fim, o Carrossel seguia sua ronda.

SOBRE A AUTORA

Poeta, romancista, novelista e dramaturga, Andrée Chedid nasceu no Cairo, Egito, em 1920, onde publicou sua primeira coletânea de poemas: *On the trails of my fancy*. De origens libanesas, transitando entre o Nilo e o Sena, mudou-se para a capital francesa em 1946; três anos depois, a coletânea *Textes pour une figure* foi a precursora das mais de 40 obras que seriam publicadas na nova pátria. A autora teve dois de seus romances adaptados ao cinema – *Le sixième jour* (1986, Youssef Chahine) e *L'autre* (1991, Bernard Giraudeau) – e, ao longo de sua carreira, foi contemplada com mais de vinte prêmios literários, dentre eles o *Goncourt de Nouvelle* em 1979, com *Les Corps et le temps*, e o de Poesia em 2002, pelo conjunto de sua obra. Chedid também compôs letras de músicas ao neto, Matthieu Chedid, incluindo *Je dis Aime*, uma das mais conhecidas do público francófono. Membro honorário da Academia de Letras do Québec

(Canadá), em 2009 a autora foi condecorada como Oficial da Legião de Honra da França e, em 2011, deixou-nos. A Poesia, "um corpo a corpo incessante com a vida", segundo ela, guia sua obra, que traz temas relacionados à riqueza do ser humano, à defesa do múltiplo, ao rosto e ao amor. O romance *O menino múltiplo* é sua primeira obra traduzida em língua portuguesa no Brasil.

SOBRE A TRADUTORA

Graduada em Jornalismo pela Faculdade Cásper Líbero e mestre em Estudos Linguísticos, Literários e Tradutológicos em francês pela Universidade de São Paulo, Carla de Mojana di Cologna Renard é tradutora. Tem artigos publicados em revistas científicas relacionados aos Estudos da Tradução. Traduziu a coletânea de poemas *A aurora de nossos solstícios*, de Aurélien Di Sanzio e o livro *Líder de si mesmo*, de Roberto Re. Colabora como tradutora do site *Mémoires de Guerre – Témoignages de la Seconde Guerre mondiale* [*Memórias de Guerra – Testemunhos da Segunda Guerra Mundial*], projeto da Universidade de Caen, na França.

© Copyright desta tradução: Editora Martin Claret Ltda., 2017.
Título original: *L'enfant multiple*
© Flammarion, Paris, 1989.

Direção
MARTIN CLARET

Produção editorial
CAROLINA MARANI LIMA / MAYARA ZUCHELI

Projeto gráfico e capa
JOSÉ DUARTE T. DE CASTRO

Diagramação
GIOVANA GATTI QUADROTTI

Fotos de capa
LAURA BATTIATO / SHUTTERSTOCK

Tradução
CARLA DE MOJANA DI COLOGNA RENARD

Revisão
LUIZA LOTUFO

Impressão e acabamento
PAULUS GRÁFICA

A ortografia deste livro segue o novo Acordo Ortográfico da Língua Portuguesa.

Dados Internacionais de Catalogação na Publicação (CIP)
(Câmara Brasileira do Livro, SP, Brasil)

Chedid, Andrée, 1920-2011.
O menino múltiplo / Andrée Chedid; tradução Carla de Mojana di Cologna Renard. – São Paulo: Martin Claret, 2017.

Título original: *L'enfant multiple*.
ISBN: 978-85-440-0148-6

1. Chedid, Andrée, 1920-2011 2. Romance francês I. título

17-04791   CDD-843

Índices para catálogo sistemático:

1. Romances: Literatura francesa   843

EDITORA MARTIN CLARET LTDA.
Rua Alegrete, 62 – Bairro Sumaré – CEP: 01254-010
São Paulo – SP - Tel.: (11) 3672-8144
www.martinclaret.com.br
Impresso – 2017

CONTINUE COM A GENTE!

- Editora Martin Claret
- editoramartinclaret
- @EdMartinClaret
- www.martinclaret.com.br